SE7E

MONSTROS BRASILEIROS

CB129098

Braulio Tavares

SE7E MONSTROS BRASILEIROS

Fantasy
Casa da Palavra

Copyright © 2014 Braulio Tavares
Copyright © 2014 Casa da Palavra

Todos os direitos reservados e protegidos pela
Lei 9.610, de 19.2.1998.
É proibida a reprodução total ou parcial sem
a expressa anuência da editora.

Este livro foi revisado segundo o Acordo Ortográfico da Língua Portuguesa de 1990, em vigor no Brasil desde 2009.

Projeto gráfico e capa
Raquel Matsushita

Ilustrações
Fernando Issamo

Diagramação
Cecilia Cangello | Entrelinha Design

Revisão
Martha Lopes

CIP-BRASIL. CATALOGAÇÃO NA FONTE
SINDICATO NACIONAL DOS EDITORES DE LIVROS, RJ

T228s

Tavares, Braulio,
Sete monstros brasileiros / Braulio Tavares ; ilustrações Fernando Issamo.
1. ed. - Rio de Janeiro : Casa da Palavra, 2014. 112 p. : il. ; 23 cm.

ISBN 978-85-7734-459-8

1. Fantasias - Conto infantojuvenil brasileiro.
I. Issamo, Fernando. II. Título.

14-11059 CDD: 028.5
04/04/2014 10/04/2014 CDU: 087.5

CASA DA PALAVRA PRODUÇÃO EDITORIAL
Av. Calógeras, 6, sala 1.001
Rio de Janeiro, RJ – 20030-070
21. 2222-3167 | 21. 2224-7461
divulga@casadapalavra.com.br
www.casadapalavra.com.br

APRESENTAÇÃO

A literatura de fantasia e de terror contemporânea utiliza personagens da mitologia grega, da mitologia dos países nórdicos, das tradições celtas e bretãs, da literatura árabe do Oriente Médio e dos contos tradicionais do Extremo Oriente (China e Japão). Todas essas influências são bem-vindas pelo que trazem de personagens, ambientes, enredos cheios de riqueza narrativa. São vampiros, ciclopes, múmias, dragões, orcs, seres assustadores e extremamente sedutores. E estrangeiros. Da literatura, eles foram para os filmes de Hollywood e as séries da TV a cabo, que ajudaram a torná-los ainda mais conhecidos e amados por milhões de pessoas.

O Brasil também tem lendas e seres fantásticos próprios em sua literatura oral. E se procurarmos nas estantes das livrarias, na seção de literatura, encontraremos ricas pesquisas sobre o folclore brasileiro e diversas obras literárias que lançaram mão dessa mitologia oral como inspiração, desde ***Macunaíma***, de Mário de Andrade, até clássicos modernos, como o ***Romance d'A Pedra do Reino***, de Ariano Suassuna, e ***O Coronel e o Lobisomem***, de José Cândido de Carvalho, além de livros mais recentes, como ***Feijoada no Paraíso***, de Marco Carvalho, e ***As pelejas de Ojuara***, de Nei Leandro de Castro. Hoje, autores como Simone Saueressig, Christopher Kastensmidt e Felipe Castilho trabalham nessa área, ainda pouco explorada se comparada à sua contrapartida infantil.

Pois, se caminharmos nessas mesmas livrarias pela seção de literatura para crianças, será perceptível como são infinitamente mais numerosos os livros para crianças que tratam sobre esse tema, retratando por vezes nossos monstros de modo mais divertido do que assustador: exemplos de que em nossa cultura o folclore é mais reconhecido como fonte para a literatura infantil do que para a literatura adulta. E de como essa literatura infantil e mesmo a juvenil vê por vezes seus leitores como aqueles que precisam ser protegidos do impacto potente desses monstros. E também do impacto potente da própria literatura.

Esta antologia deseja trazer esse impacto. Por isso, busca inspiração nos monstros que impactaram milhares de brasileiros através das histórias ouvidas quando crianças e mesmo adultos. Neste caso, o autor selecionou os monstros que mais o marcaram quando menino, na Paraíba, e quando adulto, na leitura de obras como ***Geografia dos mitos brasileiros***, de Luís da Câmara Cascudo, e ***Assombrações do Recife Velho***, de Gilberto

Freyre. Buscou abordá-los em uma ficção que resgatasse o impacto sentido na primeira vez que os conheceu. Impacto este que, acreditamos, tenha sido também resultado da verossimilhança com que eles foram apresentados ao autor: eram monstros que poderiam existir naquele seu mundo.

Há um momento na vida em que acreditamos na existência dessas criaturas mesmo sem tê-las visto, assim como acreditamos na existência de outros seres que nunca vemos, como o tubarão ou a girafa. Quando crescemos, elas perdem o poder sobre nós, mas um escritor deve ser capaz de reconstituir as suas memórias desse tempo da infância, em que via o mundo com outros olhos, cheios de potência criativa, e tinha certeza absoluta de que esses seres existiam.

Este não é portanto um livro de lendas folclóricas, porque não é fiel às características das histórias registradas por mestres como Câmara Cascudo e Gilberto Freyre. Mas um livro de contos inspirados em suas criaturas assustadoras, nossas criaturas, que muitos brasileiros país adentro conhecem apenas pela tradição oral. É, por assim dizer, uma coletânea de aventuras inéditas de alguns personagens já conhecidos. E, por alguns brasileiros, muito temidos.

A SÉTIMA FILHA

O advogado Horácio era um dos homens mais céticos da turma que se reunia para cafezinho e bate-papo no calçadão, no centro velho da cidade. Quando não tinha audiência no fórum e o movimento no escritório estava tranquilo, ele passava horas na porta do Café São Braz, discutindo sobre qualquer assunto. Suas polêmicas preferidas eram aquelas em que ele apontava furos e contradições nas religiões em geral e defendia a Atlântida como fonte das civilizações pré-colombianas.

Era um mulato magro e forte, usava uns óculos com muito grau. O cabelo começara a ficar grisalho pouco depois dos quarenta anos. Gostava de falar alto, gesticular, dar risadas estrondosas. Tinha sempre uma teoria ou uma explicação na ponta da língua.

* * *

Em casa, Maria Dôra, esposa dele, estava em plena atividade. Como não tiveram filhos, o filho dela era a casa, da qual cuidava obsessivamente. Horácio dava risada: "Dôra, isto aqui é uma casa onde mora gente, não é uma capa de revista, não. Que é que tem um cinzeiro com pontas de cigarro?". Ela franzia a cara com impaciência e limpava o cinzeiro enquanto ele esperava, cigarro aceso em punho.

Naquela tarde, ela limpou as duas gaiolas dos canários do quintal ("Esses bichinhos são a alegria da minha existência", dizia sempre), botou uma pequena montanha de roupas na máquina, pôs uma panela no fogo para começar a preparar a sopa, separou os jornais velhos que iam para o lixo reciclável, ligou para a farmácia para pedir o remédio que estava já no finzinho, aproveitou para vedar com Durepoxi uma fenda por onde escorria água no tanque da área de serviço, pegou na fruteira as frutas já maduras e as transferiu para a geladeira, começou a picar os legumes e as folhas para a sopa.

* * *

No fim da tarde, o assunto do futebol da véspera finalmente foi espremido até a última gota. Para dar uma esquentada na conversa, alguém falou em discos voadores. A opinião de Horácio já era conhecida por todos, mas nem por isso ele a economizava.

– Autossugestão – disse ele, mexendo a perna, inquieto, o que era indício de que estava com mais de trinta argumentos prontos para achatar o adversário.

– Mas, Horácio, foram centenas de pessoas, olha aqui a matéria na revista – disse um amigo.

– E daí? Alucinação coletiva.

– Mas foi na Alemanha! É um povo prático, racional.

– Não diga besteira, Frederico. Quer que eu faça uma lista das coisas irracionais que os alemães já fizeram? Começa pelo nazismo.

– Aqui não tem nada de nazismo. Viram uma nave luminosa pousar e depois levantar voo. Ficaram marcas na grama.

– Rapaz, quando alguém quer acreditar numa coisa, acredita. E se você botar num detector de mentiras, o aparelho vai dizer que esse alguém está dizendo a verdade, de tão sincera que é a doidice dele.

* * *

Dôra terminou de cortar a calabresa e a carne-seca e as colocou na panela de sopa, aproveitou para recolher todos os sacos de lixo da cozinha, substituiu-os por sacos vazios, levou o lixo inteiro para o depósito que ficava no patamar perto do elevador, depois lavou a pia e pôs a mesa do jantar. Levou água e alpiste para os canários. Tomou banho, vestiu um moletom, desligou o fogão, finalmente abriu uma revista e sentou no sofá da sala pela primeira vez no dia.

* * *

Pediram uma rodada de café. Horácio pediu uma água mineral. Dr. Dante, um médico meio calvo, estava com o jornal aberto e comentou:

– Isso é uma vergonha.

– O que foi?

– Lembra o Padre Bertino?

– Sim.

– Parece que cassaram o mandato dele.

– Padre tem mandato?

– Não sei o nome que se usa. Mas é como quando proíbem um médico de clinicar, por alguma irregularidade nos papéis.

– Mas ele já morreu. Aliás, morreu com quase cem anos.

– Olha aqui. É um processo administrativo com a diocese, eu acho. Dizem que há uma irregularidade.

– Eu conheço esse processo. É antigo. Houve uma duplicação de documentos, não sei quando. Existe uma versão aceita e outra que foi questionada.

– Parece que estão querendo cancelar a atividade dele como padre.

– Isso é estupidez de jornalista. Não existe essa possibilidade.

– Bem, é o que diz aqui.

– Não tem fundamento jurídico. Isso é mau jornalismo. Hoje em dia qualquer débil mental capaz de conseguir um diploma entra numa redação e começa a publicar o que lhe dá na cabeça, o que nunca é boa coisa.

O cafezinho continuou, mas depois Horácio pediu o jornal e afastou-se um pouco do círculo de conversa. Olhou a matéria. Padre Bertino! Ora, Padre Bertino era conhecido dos pais dele e dos pais de Maria Dôra. Só não fizera o casamento dos dois por um problema de saúde, mas eles diziam que, quando aparecesse um filho, ele faria o batismo. Morreu antes que isso pudesse acontecer.

"E foi ele quem batizou Maria Dôra", pensou Horácio.

Devolveu o jornal, deixou um dinheiro sobre o balcão, despediu-se e voltou para o escritório, onde se deparou com duas procurações urgentes para preparar e enviar. Isso o distraiu até anoitecer, mas, quando fechou o escritório e foi pegar o carro no estacionamento, lembrou-se de comprar o jornal.

* * *

Maria Dôra chegou com o pacote de pão quente cinco minutos antes de Horácio entrar e pousar a pasta em cima da mesa da sala.

– Tudo bem, meu amor?

– Tudo, e você?

– Tudo tranquilo.

Sentaram para jantar. Sopa de carne com legumes, pão francês, queijo prato fatiado, presunto fatiado, bolacha salgada, requeijão, café.

– Dôra, tava me lembrando duma história que você me falou quando a gente namorava. De que você é a filha número sete.

– Sim.

– Como é isso?

– Minha mãe teve onze filhos. Quer dizer, ela e meu pai, claro. Eu sou a sétima.

– E o que acontece quando é assim?

Ela fez uma longa pausa. Horácio tomava a sopa e a fitava com olhar divertido.

– Quando tem sete filhos, o mais velho, ou a mais velha, tem que ser padrinho ou madrinha do sétimo. Por isso que Bastião é meu padrinho, além de meu irmão mais velho.

– Ele é teu padrinho?

– Sim.

– E se não fizessem isso? Se o padrinho fosse outra pessoa, o que aconteceria?

– Lá vem você pra mangar.

– Meu amor, eu não vou mangar de nada. Vou mangar da minha mulher? Como pode uma coisa dessa? Mas, então, por que um irmão batiza o outro?

Silêncio. Depois:

– Porque senão o sétimo filho vira lobisomem.

– Ah, entendi. Tem que ser batizado.

– Sim.

– Quem fez esse batismo de vocês, então?

– O finado Padre Bertino. Você sabe. Já lhe contei. Por quê?

– Por nada. – disse ele, servindo-se de açúcar na xícara e depois derramando o café por cima. – Olha só isto aqui.

Mexeu o café, pousou a colherinha e só depois estendeu o braço para pegar o jornal e entregá-lo a Dôra. Já estava aberto na página em questão. Dôra leu com atenção e testa franzida.

– Entendeu?

– Não sei. O que eles querem com o Padre Bertino, coitado?

– Se os documentos dele não valerem, então os atos que ele sancionou não têm valor nenhum, porque ele estava ocupando uma posição indevida.

– E daí?

– Daí que para todos os efeitos ele não te batizou. Você não é batizada.

Dôra fez uma cara tão assustada que ele não se conteve e caiu na gargalhada.

– Dôra, meu amorzinho, não fique assim. É brincadeira. Não tá vendo que essas coisas não existem?

* * *

No instante em que o primeiro raio de luar passou pela cortina e atingiu a cama, onde Horácio ressonava como se fosse uma gravação de si mesmo, ela jogou o edredom para o lado e mudou de posição várias vezes, ficando de bruços, depois de lado, depois de rosto para cima. O corpo ardia, o suor descia, o cabelo suado se grudava à testa e fazia cócegas. Obrigava-a a erguer a mão para afastar as mechas úmidas, e com isso acordava de novo, pensava de novo, lembrava do terror que a estava cercando, como uma coisa ruim que se aproxima por todas as direções ao mesmo tempo.

Virou de lado. Olhou. Horácio dormia com o tronco encolhido sobre si mesmo, os braços em atitude de defesa, a não ser quando se estirava de barriga para cima e roncava. Ela estava sem pé, sem âncora, sem firmeza. E se fosse verdade? Com Horácio era impossível de saber, porque ele fazia tanta brincadeira, pregava tanta peça nos outros! Mas o jornal estava ali, não estava? O preto no branco. A tinta no papel. A prova absoluta – para quem ainda precisava de provas.

Padre Bertino estavera proibido de fazer qualquer coisa, pelo direito civil e direito canônico. Seja como for, o batizado feito por Padre Bertino não era válido. E assim ela continuava pagã. E assim...

Alguma coisa estava vindo de dentro dela, e era em ondas, cada onda mais forte do que a anterior. E a cada onda ela se obrigava a segurar não sabia o quê, a refrear algo que fazia menção de transbordar e de inundar consigo mesmo as barreiras do "ão".

E quando veio então a onda mais forte de todas, ela se deixou levar, se deixou carregar, foi no bojo da onda que se espatifa de encontro aos recifes da beira do mar. Agora já não ouvia o ressonar de Horácio, já não reconhecia os quadros nas paredes, os óculos de grau na mesa de cabeceira. Como se nunca tivesse visto aquele quarto apertado, aquele teto baixo de gesso. Rolou na cama. Ficou de bruços. Ergueu os quadris e sentiu um estremecimento sacudi-la de cima a baixo. O que era aquilo? Estava vindo, aquilo estava vindo.

Mas não era só isso, não era somente o que ela já conhecia e já podia controlar o que ia acontecer, era algo que nunca tinha acontecido antes, algo que dizia: "Me destrói, porque senão eu vou destruir você".

Horácio acordou incomodado com o calor e com um rumor dentro do quarto. Virou-se e viu o vulto no chão, se arrastando, rosnando e soltando pequenos uivos, como um animal que sofre uma dor insuportável. A primeira coisa que pensou ao despertar foi: "Cadê Dôra?!", e a última coisa que pensou foi: "Quem deixou esse bicho entrar?".

O que aconteceu depois só pôde ser deduzido, com perplexidade, do estado em que a polícia encontrou o quarto, o corpo em pedaços, o colchão encharcado de sangue, como uma esponja, aquele cheiro de matadouro. Havia rastros ensanguentados pela casa inteira, onde não havia um só móvel que não estivesse derrubado, arrebentado ou danificado de alguma maneira. Como se aquilo fosse obra de um grupo de homens furiosos e revoltados.

A única coisa de fato vista foi a criatura que o vizinho do lado, despertado pelos rugidos e pelos gritos, observou da janela: uma espécie de cachorro enorme com pelo cor de cobre, que saiu rosnando pela porta dos fundos, despedaçou com as garras os lençóis e as roupas que secavam pendurados no varal, e depois partiu com os dentes as gaiolas dos canários. "Foi uma coisa assustadora", disse o vizinho, "parecia que o bicho estava devorando os canários com gaiola e tudo".

BRADADOR

Eu trabalhava em uma empresa carioca de auditoria e precisei viajar para Miraceli, em Minas Gerais, para discutir relatórios com a diretoria de uma fábrica que nos tinha contratado. Minha reunião seria às oito da manhã. Eu teria que ir de carro na véspera e pernoitar lá. Eram três horas de viagem do Rio. Dirigi sem pressa, num fim de tarde dourado e azul. A estrada avançava por entre colinas verdes que pareciam a área de trabalho de um Windows XP.

Miraceli era uma cidadezinha arborizada, agradável. No centro dela corria um riacho por um canal de cimento. Havia muitas árvores, um parque bonito com canteiros de flores em mandalas. O hotel ficava numa pequena ladeira. Estacionei, desci com minha maleta e entreguei a chave a um porteiro, que levou o carro para o estacionamento.

Preenchi a ficha no balcão com uma caneta esferográfica presa por um cordão meio desfiado.

– Vem do Rio? – perguntou o recepcionista, um homem meio careca, de olhos espertos.

– Aham – respondi, enquanto escrevia.

– Vai demorar?

– Só um pernoite – falei. – Volto amanhã à tarde. O *check-out* é ao meio-dia?

– Sim, mas se quiser ficar mais um pouco a gente não cobra outra diária.

– Talvez só para um banho, antes de viajar.

A chave do quarto estava acorrentada a uma estrela de pedra-sabão. O quarto era pequeno, mas a cama era boa. Pus a maleta em cima da bancada e me estirei, para descansar as costas. O teto tinha uma luminária que se dividia em três braços de metal com três lâmpadas de vidro fosco. Depois fui à janela. Via-se a subida da rua, algumas residências, uma loja de motocicletas. Na direção oposta, para baixo, uma banca de revistas na esquina. E depois um trecho do canal arborizado.

Fiquei deitado um pouco, revendo os relatórios para o dia seguinte, planejando como seria a reunião e tomando um refrigerante do frigobar. Cochilei alguns minutos. Quando abri os olhos, tinha escurecido. O frio do anoitecer de Minas entrava pela janela. Lavei o rosto, vesti um casaco leve e saí.

Gosto de sair do hotel (seja em que cidade for, em que país for), virar à esquerda e ir adivinhando. Gosto de conhecer uma cidade nova andando sozinho, a pé, olhando o formato das casas, as roupas das pessoas, as pedras do chão. Fui caminhando, passei por um trecho de parque cheio de esculturas em pedra-sabão, bancos com tábuas de madeira paralelas apoiadas em estruturas enferrujadas. O trânsito era pouco. Havia mais gente parada do que andando. Quero dizer, havia gente fazendo compras nas lojas, bebendo nos barzinhos etc. Caminhando mesmo só eu.

Subi uma ladeira, por curiosidade a respeito de uma igreja antiga, e parei num restaurante, mais pelo terraço, porque dali do alto se via boa parte da cidade espalhada num vale, do que por fome. Veio um cardápio, pedi uma cerveja, um caldinho de feijão, e prometi que em breve jantaria. Fiquei olhando as luzes da cidade espalhadas naquela ravina escura; cada luzinha uma casa, cada casa uma história. "Que coisa é o mundo", pensei, "tanta gente interessante, tanta coisa para fazer, e eu aqui fiscalizando a planilha de custos do trabalho alheio."

Estava devaneando em torno da segunda cerveja quando a garçonete voltou. Era uma moça alta, bonita, o cabelo crespo preso atrás num coque enorme, cuja existência ela parecia ignorar, e dois olhos castanhos e travessos.

– Se o senhor for pedir alguma coisa é melhor pedir agora, porque a cozinha vai fechar.

– Já? – perguntei. Olhei o relógio. – Mas não são nem dez horas...

– É, é porque hoje, aqui, a gente fecha cedo.

Ela me deu um sorriso de desculpas tão encantador que eu fiquei sorrindo de volta e me esqueci de perguntar: "Por que hoje?". Enfim, pedi um prato sem complicações, um feijão-tropeiro, que veio delicioso e desceu rápido. E enquanto abaixavam a porta corrediça do restaurante, paguei e percorri de volta as ruas que, pelo meu cálculo infalível de GPS mental, me levaram de volta ao hotel. Ao pegar a chave do quarto, dei boa-noite ao careca, e ele se limitou a fazer um sinal de assentimento com a cabeça, mas não falou nada.

Aqui um parêntese. Existe gente que não gosta de dormir em hotéis. Eu adoro. Por quê? Não sei. Hotel me dá uma sensação de poder, de riqueza. Já falei isso uma vez a uma analista que eu tive, lá pelos vinte e poucos anos, quando andei meio bagunçado. Eu dizia a ela: "Eu quero ser rico, mas ser rico não é ser dono de uma casa, é poder entrar em qualquer hotel, saber que posso pagar para que naquele dia aquele quarto seja meu, aquela cama, aquele banheiro. Melhor do que isso, só se eu pudesse também dizer que aquela garçonete é minha. Eu estou pagando? Então eu tenho direito a tudo. Isso é que é ser rico pra mim, e não ser dono de uma casa na Praia Grande ou sei lá onde. Ter que ficar me preocupando. Pagando contas, IPTU de uma casa. Ser rico", eu dizia, nervoso, andando de um lado para o outro, ela fazendo sinal com a mão para que eu falasse mais baixo, "não é ter as coisas, é comprar o que a gente quer no instante em que quer".

Acho que pensei nisso quando empilhei os travesseiros na cama, me recostei e liguei a TV para saber o que estava passando. Tirei somente os sapatos. O moletom estava ainda na mala, mas eu não tinha intenção de dormir ainda. Estava curtindo a sonolência agradável da refeição, da noite silenciosa, do friozinho gostoso, daquele quarto que até poucas horas antes eu não sabia que existia no planeta e que agora era meu por algumas horas. Fiquei olhando um noticiário na TV com o mute ligado. Multidões silenciosas correndo na rua, bombas de gás lacrimogêneo explodindo silenciosamente. Propaganda de cerveja. Gols de times que não reconheci. Propaganda de automóvel.

Devo ter adormecido, mas antes de adormecer desliguei a TV, ou tinha acionado o timer sem perceber. Abri os olhos com o pescoço meio incomodado pela posição. O quarto estava escuro. A TV, desligada, e a única luz que entrava era a da janela, cuja cortina estava aberta. Eu estava meio enviesado na cama, o pescoço doía um pouco e foi isso que me acordou.

Minto. Quando comecei a me ajeitar percebi que o que tinha me acordado era o barulho.

Que barulho era aquele? Era uma espécie de uivo, um lamento de um cachorro ou de um lobo, um som lúgubre que começava com um gemido baixo e ia ficando mais alto e mais agudo até se elevar por cima das casas, se espalhar na brisa, entrar por aquela janela, se expandir mais, ocupar meu quarto por inteiro. Um uivo de tristeza insuportável, e era uma voz humana.

Foram três ou quatro uivos em cinco ou seis minutos, e depois disso a voz se calou. Eu me ergui meio tropeçando e fui até a janela, não sei se para fechá-la ou se para tentar escutar lá fora, aquele silêncio tão aliviador mas tão incerto. Debrucei, respirei fundo e só então olhei pra valer as casas da rua, na calçada oposta à do hotel. Havia duas casas juntas, geminadas, opostas e simétricas; e as duas estavam fechadas, com o matagal tomando conta, as paredes derruídas. Quando as vi, pensei na hora que o som vinha dali.

Não vinha, porque naquela hora exata ele voltou a ser ouvido ao longe e agora vinha por cima dos telhados, e era a mesma voz de antes, mas não naquele lamento interminável, e sim em gritos rápidos, rascantes, desesperados, como de quem protesta contra uma dor intensa e repetida. Agarrei o peitoril, olhei para um lado, para o outro, e tudo que via à luz da lua era um horizonte de telhados vermelhos e antenas parabólicas.

Quanto tempo durou? Alguns minutos, algumas horas? O tempo era irrelevante. Mas o que era aquilo? Dei dois passos para dentro do quarto. Alguém estava sendo torturado, fisicamente torturado, a no máximo três quarteirões dali. Havia polícia nas ruas? E o careca da portaria, não ia tomar nenhuma providência? A dor aterrorizada daqueles gritos me incomodou, se alguém estava passando por aquilo então não havia segurança possível para mim também.

Quando dei o primeiro gole da água mineral com gás, que desceu limpando e refrescando minha boca pastosa, os gritos recomeçaram. Ou melhor, começou uma terceira série, com a mesma voz, mas já noutra situação – deslocada, improvável vindo logo após a outra, porque não indicava dor física, e sim uma tristeza mortal, um infortúnio assassino. Pense em uma pessoa que acaba de receber a pior notícia imaginável e que precisa descarregar essa revolta no mundo. E era uma voz de homem, a mesma de antes, uma voz como a minha, voz de alguém com a minha idade, as minhas forças.

Fui à janela, esperei terminar.

Isso durou, em retrospecto, umas duas ou três horas. Talvez mais, talvez menos, e não importa, porque não tive coragem de ligar para a portaria e reclamar, e não entendia se estava com medo, se estava com pena de alguém que sofria tanto, se estava desconcertado por ninguém fazer nada, se estava irritado por causa da minha reunião às oito...

Houve uma hora em que tudo acabou, me lembro de ter olhado o relógio e pensado: "Quarenta minutos já, então parece que tudo bem", porque não tinha havido nenhuma pausa naquele coral de torturas.

Enfim, o despertador do celular tocou às sete e eu pulei da cama como sempre faço, bem ou mal, com sono ou disposto, vivo ou morto. Eu tenho que ganhar a vida. E ganho. Porque quando o despertador toca eu pulo, sem mimimi.

Desci para o café da manhã com as pernas fracas, a ponto de ceder, e os olhos ardendo de sono. Não havia ninguém no restaurante. Somente uma empregada que trazia garrafas térmicas apertadas ao encontro do peito e as distribuía num extremo da longa bancada de toalha verde em diagonal sobre toalha branca, com cestinhas de vime contendo pão, pão de queijo, fatias de bolo, *croissants*.

Me servi de suco, mamão, café, torradas com geleia, pão de queijo. Troquei de roupa, peguei o carro e às oito e dez cheguei para a reunião. Que foi um caos. Tenho uma ideia bastante vaga do que eles me explicaram, dos números das planilhas que usaram para comparar, dos critérios que combinamos e assinamos visando à próxima avaliação. O chefe, um tal de dr. Benjamin, explicou tudo que perguntei, mostrou uma porção de papéis, era muito gentil. Dizia: "Veja bem... este número aqui, evidentemente, não precisa ser levado em conta...".

Acho que ficaram satisfeitos, o que me tranquilizou, porque eu estava insone, desorientado. Durante as discussões, o tempo todo me vinha à mente algum grito daquele incrível repertório que me sobressaltara a noite inteira. Me vinha uma imagem aleatória, sem propósito, como a de ter estado de pé, durante o café da manhã, com um pratinho na mão, vendo na bancada a travessa cheia de mamão cortado, umas vinte, trinta fatias de mamão, para ninguém, para ninguém além de mim.

Já eram duas e meia da tarde quando, depois de fazer as mudanças necessárias, salvar tudo num *pendrive*, assinar papéis e tudo o mais, recusei os convites insistentes para almoçar numa churrascaria, peguei o carro e voltei ao hotel. Por alguma razão, achava que lá estaria em segurança. Na portaria havia agora uma mulher loura, gorda, meticulosa, que checou de novo todas as minhas informações antes de me entregar a chave. Perguntou se eu estava me sentindo bem e eu respondi que sim, obrigado.

Era só finalizar a bagagem e descer para pagar a conta, mas eu lembrava que, por alguma razão, podia ficar mais um pouco. Quando vi, estava semideitado, me apoiando nos travesseiros, na posição exata em que tinha adormecido na noite anterior. Por que me deitei assim, vestido, de sapatos? Que pressa era aquela? Era como se os gritos fossem recomeçar só porque eu havia me deitado.

Não recomeçaram, mas comecei a escutar outra coisa. Era uma batida ritmada, umas percussões, não de instrumentos, mas de objetos quaisquer, fazendo uma espécie de cadência, "tandandan--tandan...", que de longe me evocou tardes de pré-carnaval, clóvis e papangus pela rua, coreia de garotos batendo latas e apitando.

Era isso que eu ouvia agora e, sem sequer ir à janela, desci atropeladamente as escadas, sem esperar pelo maldito elevador, afinal estava apenas no terceiro andar, e cheguei à rua. Eram três horas, mas já havia uma luz dourada oblíqua de fim de tarde. Graças às montanhas ao redor, ali o sol se punha mais cedo. Fui andando no sentido do batuque e percebi que ele vinha da direção dos gritos da noite anterior. A avenida que beirava o canal estava deserta, mas o barulho estava cada vez mais próximo, até que um muro que eu acompanhava à minha direita deu lugar a um largo aberto, um recuo de um quarteirão inteiro, um muro caiado de branco e, por cima deles, uma floresta de cruzes, como se fossem antenas. Era um cemitério, e o batuque vinha dali.

Fui entrando através das alamedas, das capelas, das árvores baixas que davam sombra. Vi de longe um ajuntamento. O coro tinha me parecido só de meninos, de jovens, mas ao me aproximar vi que havia um número grande de adultos e idosos batendo palmas também, havia até alguns rodando aqueles reco-recos que têm um pequeno cabo e são postos para girar com um movimento do pulso.

Vi que uns manejavam matracas, outros batiam em pequenos tambores. Cantavam todos, desorganizadamente, mas com a visível prática de um antigo costume, um hino bárbaro cuja letra não compreendi, mas pude perceber uma sonoridade arcaica nas sílabas.

Parei junto de uma mulher de lenço amarrado sobre o cabelo, que batia palmas.

– O que está havendo? – perguntei a ela.

Ela virou-se excitada, mas sem me dar muita atenção, e disse:

– Bradadô! Bradadô! Achemo o Bradadô!

Ou pelo menos foi isso que entendi, porque ela deu dois passos à frente, eufórica, cantando e palmeando com energia redobrada, como se estivesse se vingando de um contratempo muito antigo.

Olhei em torno. Por trás do cemitério erguia-se um prédio novo de apartamentos, de uns oito andares, bem alto para a topografia local. Em muitas varandas pessoas acenavam com os braços, com lenços brancos.

Olhei ao redor. Avancei. Abri caminho. Fui passando pela multidão, que nem se importava com minha intromissão, e se abria para que eu passasse.

Um homem estava falando diante de uma sepultura recém-escavada, mas não parecia um enterro, e sim uma exumação, porque vi de imediato quatro homens musculosos retesando cordas e trazendo lentamente para cima uma coisa horizontal, e pesada, uma coisa quadrangular que esborrava terra e gotejava lama.

Manobraram com longa prática a combinação de cordas e largaram o caixão, sacolejante, desconjuntado, sobre a terra. O homem continuava falando, uma daquelas cantilenas bíblicas que a gente só sabe que são em português por causa das palavras, mas em que as frases não fazem o menor sentido. O caixão estava carcomido, quase se desmanchando.

O homem, que vestia um terno cinza velho (se eu olhasse de perto certamente veria que era todo cerzido, todo recuperado), ergueu os braços pedindo silêncio. E não é que a batucada parou?

– Amigos irmanos antigos, morinfante tenebras, pereopéria manissigno cardenoso – disse ele. Ou algo parecido. – Momento campoamor das almas, momento de elevado sinal.

– Amém – disseram todos, com longa prática.

– Habemos chorado, habemos soferido, habemos entregado sangue a Deus, pero nomás.

– Pero nomás – ecoaram.

– Até condo sofrerás padecerás conosco, Bradador, até condo adumbrarás o teu calvário?

– Teu calvário.

Foi de fato isso que escutei? Não sei, foi o que me pareceu no momento. Recordo que cambaleei e recuei, sem querer ver de perto o que surgiria de dentro do caixão que eles começavam a destampar, a despregar, com alavancas e ferramentas.

– Quem é? – perguntei a um rapaz magro, do gogó grande, que olhava por cima dos ombros dos outros.

– É o Bradadô – explicou ele. – Matou a mãe por dinheiro.

Ao mesmo tempo, do outro lado, uma moça pousou meio distraída a mão no meu braço, sem perceber o que o rapaz falara, e disse:

– Ele deixou uma criança morrer de fome e recebeu castigo.

Ouvi estalos lá na frente, de madeira se rompendo, e um "uuuu" coletivo da multidão. Olhei de lado. Uma velhinha de cabelos brancos muito arrumados e roupa bonita, toda certinha, estava com os olhos fitos em mim, como quem já estivesse me fitando há bastante tempo, e quando finalmente meu olhar cruzou com o dela ela me disse:

– É o Bradadô. – Fez uma pausa. – Ele brada, a gente escuta.

Afastei a vista. Os homens afastaram as tábuas com as mãos (um deles protegia as mãos com um pano sujo). E de lá de dentro foi se erguendo uma criatura. O que era aquilo? Eu imaginei que ia ver surgir alguém envolto numa mortalha de pano branco cheio de manchas, ou então um esqueleto nu e luzidio. Não era, era um homem, que bem podia estar nu, porque não se via semelhança de tecido sobre ele, mas o torso ressecado e escuro como carne de sol, os braços e as pernas meros ossos cobertos de pele tostada e resseca. Ergueu-se, tateando em volta, como alguém que se ergue depois de ser jogado longe numa batida de carro.

A mulher de cabelos brancos estava do meu lado. Me olhou com simpatia.

– Muita gente não consegue dormir à noite escutando o sofrimento dele – disse.

– Quem fez isso com ele? – perguntei.

– Uai, ele mesmo. Ele incendiou uma casa cheia de gente.

E aí recomeçou espontaneamente a batida de antes, tandandan--tandan... E todos recuaram e abriram caminho quando a coisa se pôs de pé. Sem medo. Somente deixando passar. O falso morto, quase não dando mostra de perceber a presença de quem quer que fosse, começou a caminhar, trôpego, vacilante, mas decidido, embora ausente, parecendo um bêbado que ao despertar na sarjeta pensa que tem de voltar para casa.

Cambaleando a coisa veio, na direção de onde eu estava. Os olhos eram como olhos de peixe, completos, sem faltar nada a não ser expressão. A caveira era caveira com um couro de cobra retesado por cima, uma cara curtida e escamosa. À medida que avançava, a multidão abria-se à sua frente e voltava a fechar-se às suas costas, acompanhando seus passos trôpegos cuja rota não variava.

E o coro em volta estava agora um tom abaixo, quase respeitoso, quase reverente, e dizia assim:

– Bradadô... bradadô... bradadô...

Ele veio para mim! Parou, quase me tocando, e não estou louco, eu senti, vi os movimentos do seu peito, o esforço que fazia, eu o vi respirando. Naquele fim de tarde, numa tarde real, normal, aquele monstro veio para mim, enquanto a multidão batia em latas de cerveja e tambores de plástico. Ele parou à minha frente, e todo mundo batia palmas, gritava em coro, "bradadô... bradadô...", como se esperasse entre nós algum tipo de duelo, de confronto. Ele me olhou com aqueles olhos que pareciam de vidro e estendeu a mão. Fez um gesto de: "Vem!". E eu fui.

Em volta de mim, as vozes gritavam.

– Prostituiu a filha pequena! É bradadô!

– Jogou álcool num velho e tocou fogo! É bradadô!

Ele caminhou de volta para o ataúde apodrecido, desconjuntado. A multidão então começou a jogar pedras. As pedras o atingiam e ele não sentia nada. Caminhei atrás dele, seguindo-o, ensurdecido por aquele batuque, "tandandan-tandan...", que não cessava, e uma angústia, um desconforto mortal crescia dentro do meu peito, me impedindo de respirar. Chegamos à sepultura. Olhei as tábuas podres, desconjuntadas. Bradadô! A voz do pregador voltou a ser ouvida.

– Habemus cerceado nosso porvir. Habemus ministrado las nemisérias.

– Amém! – Vozes de todas as direções.

– Lapidemus las culpas, e los penitentes! – gritou ele.

As pedras voltaram a cair. E com elas os insultos.

– Torturador dos abandonados!

– Sequestrador das virgens!

Eu tombei na terra revolvida ao lado do sepulcro, tentando me proteger das pedras que me atingiam por todos os lados, e não me produziam dor alguma, mesmo quando eram pedras pesadas que me derrubavam de novo na lama.

– Sangrou um cão amarrado!

E as pedras vinham certeiras como os insultos, me derrubando, e eu me erguia para ser derrubado de novo.

No meio da multidão, apareceu então o rosto do dr. Benjamin, e só naquele momento percebi o quanto era um rosto cruel, o rosto de alguém que não recua para obter o que quer. Tinha uma banda de tijolo na mão e, ao erguê-la, falou com desprezo:

– Vendeu-se por dinheiro.

As pedras choviam, e me refugiei de volta nas tábuas enlameadas do meu ataúde, punhados de lama me atingindo o rosto enquanto eu erguia meus braços ressequidos, puxava de novo as tábuas sobre mim, sofrendo por ter acordado de novo, passado por tudo aquilo de novo, sem saber quando ia acabar, sem saber quando outro pedaço de mim voltaria para ser recolhido, castigado e enterrado. Ah! Quem dera eu fosse enterrado no silêncio e na sombra para sempre, para sempre.

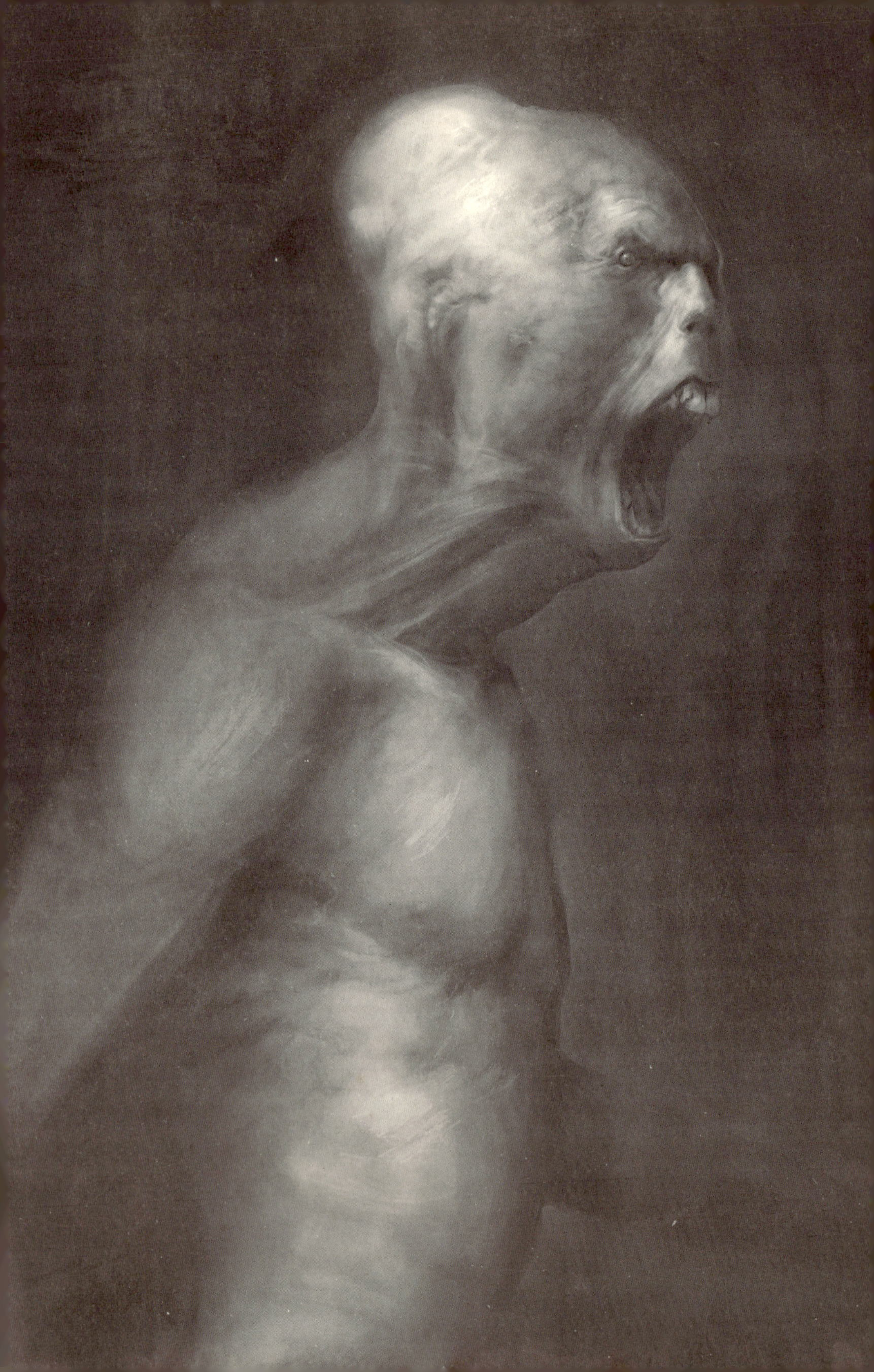

O PAPA-
-FIGO

O Papa-Figo era o dr. Amorim, que morava na maior casa da nossa rua, uma casa que tinha um muro e um portão com grades muito altas terminando em forma de ponta de lança. Havia um pequeno jardim com grama, e a casa era recuada, com dois andares, e no teto ainda havia uma espécie de sótão com uma cumeeira própria e uma janelinha que dava para a rua, que às vezes de noite estava acesa.

Por que Papa-Figo? Ninguém dizia isso abertamente, é claro, era uma informação que os meninos da rua traficavam entre si, para que os pais não ouvissem. Os meus pais, pelo menos, não queriam nem ouvir falar nessa história, e uma vez eu fiquei de castigo porque tinha visita lá em casa e eu, para falar uma coisa qualquer, apontei e disse que era "ali, depois da casa do Papa-Figo", e meu pai ficou uma fera. Meu pai trabalhava na prefeitura.

Dr. Amorim era um homem importante, já tinha sido vereador, e eu acho que meu pai tinha medo dele. Quer dizer, ele tinha medo de perder o emprego, e uma vez eu ouvi ele dizendo a minha mãe que o dr. Amorim era capaz de demitir uma pessoa com um telefonema.

O que é um Papa-Figo? Para nós, meninos (eu tinha uns treze anos quando aconteceu isto que vou contar), essa lenda era um quebra-cabeças que tentávamos montar, juntando as poucas peças que tínhamos e inventando peças para preencher alguns buracos que teimavam em ficar vazios.

O Papa-Figo não come o figo, a fruta. Come fígados, fígados de crianças que ele manda matar. Ele sofre de uma doença – uns chamam de "morfeia", outros, de "lepra", e outros nomes que não lembro mais – que faz o corpo ficar todo inchado, as orelhas, enormes (lembrei agora, chamam também de "elefantíase" porque as orelhas, da pessoa ficam do tamanho das orelhas de um elefante), os dedos, enormes, e tudo dói muito. Uma tia minha disse que lá no sítio onde ela morou quando era menina tinha uma pessoa assim, e que quando vinha o acesso a pessoa começava a inchar. Tinham que trancá-la dentro de um quarto vazio, sem móveis, sem cama, sem nada, porque o que tivesse lá ela arrebentava, quebrava tudo, de tanta dor que sentia. Aquilo durava às vezes uma semana, tinha que esperar o acesso passar – ou então trazer o fígado de uma criança para a pessoa comer, e em poucas horas ela ficava normal de novo.

Como o Papa-Figo não podia sair para pegar as crianças, porque estava sofrendo muito, era a família que providenciava.

No tempo antigo, saía um negro escravo, com um saco nas costas, para pegar qualquer criança que estivesse sozinha. Matavam-na e tiravam seu fígado para curar o acesso. Mas o Papa-Figo ficava com remorsos, então muitas vezes, quando o corpo da criança era encontrado, havia um dinheiro junto, para compensar a família pelo prejuízo. Minha mãe dizia que o dinheiro era encontrado dentro do buraco no corpo, do lado direito, por onde eles arrancavam o fígado, mas quando falei isso para os meus amigos eles disseram que só podia ser exagero, porque iria sujar o dinheiro de sangue e que era mais prático deixar junto do corpo, com uma pedra em cima para o vento não levar.

– Parem com essa doidice, o dr. Amorim não é Papa-Figo, isso é mentira – ralhava minha mãe. – O que ele tem é uma doença de pele.

Podia ser, porque ele era um velho moreno com a pele toda cheia de manchas brancas, no rosto, nos braços. Tinha um nariz comprido e uma boca toda torcida, com um ar de quem está com raiva o tempo todo.

E a casa dele era a única casa na rua que tinha telefone, por isso desde pequeno eu ia lá. Quando tinha recado urgente, durante o dia, meus pais me mandavam à casa do dr. Amorim, pedir para usar o telefone. Ele morava com a mulher e uma filha solteirona que devia ser da idade da minha mãe. Enquanto eu telefonava, ficava sempre uma pessoa parada na sala, de braços cruzados, olhando para mim, me vigiando, como se eu tivesse inventado uma mentira só para entrar ali e roubar alguma coisa de valor. Quando ele estava na sala, com aquela pele rajada, aquele olho mau de Papa-Figo, eu tremia tanto que mal conseguia discar o número do meu pai.

E então, um dia...

Era um domingo e eu estava em casa de castigo, por causa de alguma besteira que nem lembro mais o que era. Não pude ir jogar pelada no campo do Lameirão, onde minha turma ia. Meu pai tinha ido fazer um trabalho urgente, minha mãe estava chateada com alguma coisa e gritava comigo. Numa certa hora, ela abriu a porta do meu quarto e me disse para ir urgente à casa do dr. Amorim ligar para o meu pai e dizer para ele vir resolver um problema com o vizinho do lado, era alguma coisa que tinha a ver com a caixa-d'água que estava vazando, derramando água no quintal do vizinho, e não sei o que mais, essas coisas idiotas de quem tem que cuidar de uma casa.

Eu achei bom para sair do castigo e fui lá. Toquei a campainha. Quem abriu foi o dr. Amorim, que estava de chinelos, vestindo somente uma camiseta e uma calça velha, irritado. Eu pedi pra telefonar e ele ficou bufando de impaciência, me mandou entrar e disse que fosse rápido. Eu tentei ligar uma vez, duas vezes, três vezes, mas o telefone do meu pai estava ocupado o tempo todo. O dr. Amorim começou a reclamar e, em certo momento, disse: “Esses miseráveis que nem dinheiro têm pra comprar um telefone e vivem incomodando a gente”. Eu bati o telefone e disse um palavrão a ele, ele deu um berro de raiva, me chamou de moleque e me deu um tapa na cara. Eu gritei:

– Papa-Figo dos infernos!

Ele tentou me agarrar. E foi aí que eu puxei o canivete do bolso e enterrei na coxa dele.

Não foi de propósito, era um canivete velho, enferrujado, que eu às vezes levava no bolso quando ia jogar no Lameirão, porque lá tinha uma turma barra-pesada. Mas eu enterrei no velho, puxei e saí correndo pela porta da frente, e nisso as pessoas da casa chegaram correndo até a sala, o velho caiu gritando, e eu escapuli e corri para casa. Quando entrei, minha mãe perguntou o que era aquilo, e eu disse que o Papa-Figo tinha tentado me matar.

Bem, aí foi que começou um tumulto danado, eu me tranquei por dentro no meu quarto, fiquei de pé no peitoril da janela e estiquei o braço pelo lado de fora para esconder o canivete no beiral do telhado, que era baixinho. Ouvi a porta da frente batendo quando minha mãe saiu apressada. Daí a pouco ela entrou em casa gritando, batendo na porta do meu quarto e me chamando de criminoso, e pouco depois chegou meu pai e me deu uma surra que quase me arrebenta todo, eu tive que passar três dias sem ir à aula por causa do jeito como o meu rosto ficou. Pensei que ia ser preso, que iam chamar a polícia, mas ninguém chamou. Ouvi minha mãe falando alto com meu pai: "Mas ele é 'de' menor!", e meu pai gritando com ela: "E se *eu* for preso no lugar dele? Hein? Hein?".

Aqueles dias foram um inferno, porque meu pai ameaçou me botar pra fora de casa, minha mãe chorava e não falava comigo, só fazia botar comida num prato e jogar o prato na minha frente na mesa. E isso não foi o pior. Algum tempo depois eu soube que o dr. Amorim estava hospitalizado. Meus pais não conversavam na minha frente. Eu tinha que fingir que estava no quarto e voltar descalço, na ponta dos pés, para escutar os dois conversando na sala. Ouvi meu pai falar: "Parece que é tétano".

No outro domingo, eu cheguei no Lameirão pra jogar. Meus pais estavam me evitando, eu só fiz dizer "vou jogar bola" e saí. Quando cheguei lá, uma galera me cercou: "Olha quem chegou: Valdir, o cara que brigou com o Papa-Figo!". Descobri que tinha virado uma espécie de herói, porque ninguém ali gostava do velho, todo mundo tinha medo dele, e o tamanho da história já era outro – que o dr. Amorim tinha me agarrado dizendo que ia arrancar meu fígado e que eu tinha enfiado uma faca (uma faca!) no fígado dele.

O dr. Amorim morreu alguns dias depois, e eu parei de ir ao colégio, perdi o ano. Meu pai me deu outra surra, só que menor que a primeira, e batia sem prestar muita atenção, como se a preocupação dele fosse outra coisa. Não se falou em polícia, e a única coisa que eu fiquei sabendo foi que a família resolveu esquecer o assunto. Ninguém me disse nada, mas eu não era burro. Era só somar dois mais dois. Ninguém na casa gostava do velho, que maltratava todo mundo. Ficaram com a herança, não ficaram? Deviam até me dar uma gratificação.

Meus pais se mudaram dali, fomos morar noutro bairro, mas todo domingo eu vinha jogar no Lameirão, onde virei "Valdir, o cara que matou o Papa-Figo". Rapidamente eu ganhei posição entre a turma. Meu pai morreu no ano seguinte, acho que do coração ou qualquer outra coisa, e fiquei eu com a minha mãe. E na necessidade de dinheiro, eu comecei a entrar numas paradas com a turma do Lameirão. Sumia por três dias, voltava com dinheiro, minha mãe não tinha mais nem energia pra perguntar que tanto dinheiro era aquele. Ficou assim durante alguns anos, eu já era conhecido. Tão conhecido que, anos depois, quando fui preso pela primeira vez, saiu no jornal da cidade: "Operação policial prende Papa-Figo e mais seis".

A PORCA DE SOLEDADE

A fama da Porca de Soledade, o monstro mais incrível, fantástico e extraordinário que já apareceu na Paraíba, é hoje um assunto nacional. E vamos admitir logo – internacional. Já cruzou as fronteiras, há notícias sobre ela em dezenas de países para milhões de pessoas. Pense numa porca famosa! E é um produto local, prodígio local.

A fama da extraordinária criatura, mesmo depois da tragédia que aconteceu ao animal, continua a atrair as atenções de pesquisadores e de toda a imprensa. Ainda hoje, de vez em quando, chega em Soledade uma *van* de TV, com uma equipe para fazer entrevistas e perguntar a todo mundo se tem fotos.

Há pouco tempo, aliás, uma auditoria independente exumou, dos porões da prefeitura, uma caixa de ventilador cheia de papéis concernentes à famosa Porca. São depoimentos colhidos no calor dos acontecimentos, além de outros relatos, vários de próprio punho, de pessoas locais, redigidos com mais vagar tempos depois. Conta-se ali o terror que se abateu sobre Soledade com o nascimento da Porca Que Tinha De Comer Sem Parar.

A Porca nasceu numa fazenda, não se sabe exatamente quem era o dono. Rola uma briga judicial entre pelo menos três famílias que habitam aquela região da Baixa das Algarobas. Eram papéis contestados, terras dentro de terras alheias... Enfim, a Porca, recém-nascida, devorou em dias, com sua fome horripilante e suas mandíbulas insaciáveis, tudo que seu dono possuía. Outras pessoas puseram-se a trazer ração de diferentes tipos. O animal comia, crescia e comia ainda mais. Sacos e sacos de ração eram trazidos todo dia. O alarme se espalhou menos de uma semana depois, semana em que ela devorou alimento suficiente para quinze porcos maiores do que ela. A Porca foi colocada à venda.

A história começou a ser divulgada no rádio e na TV a partir da intervenção de Dedé Merenciano, um bicheiro local autointitulado "o Zoo Tycoon do Sertão". Dedé Merenciano tinha a teoria de que a crise de um é a oportunidade de outro e arrematou a Porca sem muito trabalho. Os pobres agricultores não queriam outra coisa senão uma chance de se livrar daquele esmeril-de-França que roía tudo e em poucos dias devorara paióis que deveriam durar um ano. Dedé tinha bala na agulha, andava meio sem assunto depois de uma falência que teve, precisava de alguma coisa que o fizesse arregaçar as mangas e ir à luta...

Foi à luta: registrou todos os direitos relativos à Porca em seu próprio nome, construiu (antes mesmo de fechar o negócio já começara) uma estrutura de concreto para abrigá-la, suportá-la e prover suas necessidades. "Se aquele matuto reclamou que perdeu a comida de um ano", disse Dedé, durante o uísque celebratório, "eu posso passar um ano no vermelho criando um mito. Depois, é só faturar e correr pro abraço."

Adulta, a Porca era alimentada de forma contínua por duas filas de quinze homens que, de pá em punho, arremessavam comida em sua gigantesca boca como quem arremessa carvão numa fornalha.

A Porca roncava, babujava, cuspia, mastigava, derramava, engolia, mas não parava de abocanhar as saraivadas de maionese, farofa, ração, torta, palma, espaguete à bolonhesa, sopa dos pobres, tudo que os alimentadores lhe jogavam sem parar. Dedé vendia ingresso, vendia foto, vendia *souvenir*, vendia merchandising, usava comida vencida, conseguia isenções, só se dava bem.

Os relatos divergem quanto às dimensões do animal. A maior avaliação é de trinta metros de comprimento e seis de altura – mas num folheto de cordel, de modo que há de se considerar a licença poética. Há uma mais razoável, mas não menos impressionante, de uma equipe norte-americana de membros de uma sigla qualquer que veio, fotografou, filmou, mediu, pesou, tirou amostras, agradeceu e foi embora. Um dos registros que deixaram mostra que a Porca tinha cerca de três metros de altura e oito do focinho à cauda.

Mas de que adianta isso agora? A vida humana é imprevisível, até para os americanos. Numa noite qualquer deste ano, um dos trinta homens atarefados que a alimentavam teve que interromper o trabalho por um instante enquanto limpava o suor da testa. E com isso a Porca morreu de fome.

OS MORTOS--VIPS

Fugimos do incêndio do *shopping* num carro duma família que desceu para olhar o que acontecia. É um modelo de carro que não conheço. Engato a marcha rasgando, o carro desliza para um lado e depois para o outro, como num *video game*, bate num muro, raspa a lateral num poste soltando fagulhas, mas segue em frente. Rodeamos o Açude Velho.

A metralhadora está com Serginho, eu tenho a pistola e Vavá, dois revólveres. Nosso problema é a pouca munição. Temos que cruzar o centro da cidade e reabastecer.

E lá vêm eles. Quando faço a curva mais larga no final do Açude, o cabo de embreagem se parte, o carro bate e eles nos cercam, rosnando. Abatemos a tiros os mais próximos e corremos, abrindo caminho a socos e coronhadas.

Subimos a rua Miguel Couto deixando-os para trás, mas na praça Coronel Antônio Pessoa outro grupo emerge das ruínas de um clube, desta vez são mais de quarenta, os homens de *black tie*, as mulheres com vestidos longos em seda ou lamê, com dentes matraqueando, o rosto em desmanche.

Serginho concentra fogo no meio, derruba vários, mas eles são mesmo rápidos, mesmo com algumas das mulheres ainda usando salto alto. Abrimos caminho até a rua 4 de Outubro. Ali nos entrincheiramos atrás de um caminhão tombado, e eles terão que se expor ao nosso fogo ao longo de mais de vinte metros. São zumbis, mas não são burros. Desaparecem.

Estamos exaustos depois de uma noite inteira de cerco dentro do *shopping*. Foi tudo muito rápido. Que vírus tomou conta de toda a população da cidade, transformando-a nesse baile de *réveillon* fantasma, nesse coquetel mal-assombrado?!

Vavá garante que a loja de munição da rua João Suassuna deve estar fechada e intacta. Se chegarmos lá podemos nos abastecer para um ou dois dias e tentar uma fuga definitiva. Vale a pena tentar? Nem pensar em subir até a praça, que a esta altura provavelmente está tomada por uma multidão. Resolvemos fugir lateralmente pela Solon de Lucena e fazer uma curva larga, chegando à João Suassuna e à loja de munições pelo lado oposto.

Talvez seja uma trégua, talvez um despiste, o fato é que sumiram todos. Vamos subindo a Rui Barbosa sem ser incomodados, mas quando desembocamos perto do teatro temos mais uma vez que abrir caminho a tiros. Do Parque do Povo eles vêm subindo, às centenas, vestindo *dinner jacket* ou *blazers* de grife. Alguns ainda empunham taças, as mulheres com bolsas cravejadas de joias, os homens murmuram receitas de *dry martini* ou cotações da bolsa, por entre os lábios arroxeados e os dentes cheios de fragmentos de cérebro.

Tentamos uma surtida para chegar à Getúlio Vargas, mas Serginho tropeça, e os comensais avançam como cães sobre um osso. Seus gritos se perdem lá atrás, corremos atirando às cegas, fugimos para a rua Índios Cariris. Ali é a vez de Vavá, subjugado por três deles (todos em trajes de equitação), que lhe desfazem o rosto a dentadas.

Fujo, retrocedo para o teatro.

Há uma porta lateral aberta, e minha única opção é subir e subir, tropeçando em cadáveres semissoterrados por um desmoronamento recente. Chego ao topo. Uma pequena escada é o único acesso.

Vão subir de um em um. Estou a dois metros de distância para abatê-los. Parece um pesadelo, não sabia que já eram tantos, nunca imaginei que já tivessem chegado aqui. Restam-me dezoito balas. Fuzilarei os primeiros dezoito que subirem. Olho para minha roupa, suja de sangue e fumaça. Olho as marcas de dentes no meu braço. Quando minha camiseta e meus *jeans* começarem a se transformar em *smoking*, quando a gravatinha de laço brotar em meu pescoço, quando meus dentes rirem daquele jeito... eu pulo no abismo e acabou.

A EXPEDIÇÃO MONSERRAT

A EXPEDIÇÃO

O destino da Expedição Monserrat é um mistério que já dura muitos anos, e concerne ao que aconteceu a um grupo de dez cientistas e estudantes numa viagem rotineira de exploração, numa região montanhosa do Centro-Oeste brasileiro. O fato central dessa tragédia é a morte de cinco e o desaparecimento de quatro membros dessa expedição, tendo sobrevivido, embora em condições muito precárias, apenas um dos integrantes. O fato ocorreu durante a noite, na primeira semana de julho de 1995, na Serra da Outorga, no local conhecido como Passagem Pequena.

O caso já deu origem a livros, programas de TV e numerosos sites de diletantes que procuram descobrir novos fatos ou teorizar a respeito. A região em que o fato se deu foi, menos de um ano depois, isolada pelas autoridades. De oficial, sabe-se apenas que há um projeto para transformá-la em parque nacional.

Os dez membros da expedição tinham idades que iam de 23 até 61 anos. Exerciam profissões diversas, e somente três podiam ser considerados cientistas pela área acadêmica. Os demais eram estudantes (alguns deles alunos dos três cientistas) e pesquisadores independentes, como um jornalista que esperava vender uma matéria a alguma revista do Rio ou de São Paulo.

O grupo foi visto pela última vez quando partiu do alojamento onde dormira na noite anterior, em 3 de julho, na vila de Monserrat. Era terça-feira, dia 4, pela manhã, quando pegaram carona na caminhonete de um fazendeiro local. Este os deixou ao pé da trilha que os levaria ao platô, a duzentos metros de altitude, de onde marchariam até o sopé da Serra da Outorga propriamente dita. Levavam barracas, provisões e comida para ficar lá três dias inteiros, devendo estar de volta no dia 6 de julho. Como não apareceram nem mantiveram comunicação, um grupo de moradores locais, sempre de sobreaviso para situações assim, partiu em busca deles na manhã da sexta-feira, 7 de julho.

Os corpos dos cinco mortos foram achados na Passagem Pequena, espalhados num trajeto linear de uns três quilômetros. Um dos membros, o último a ser encontrado pela equipe de resgate, estava abrigado, mas delirante e semi-inconsciente. Dos outros quatro integrantes, até hoje não foi possível encontrar o menor sinal, nem saber se estão vivos.

ANTECEDENTES

Os exploradores costumavam viajar para aquela região cerca de quatro ou cinco vezes por ano, quando suas agendas profissionais o permitiam. Interessavam-se por assuntos variados, pois no grupo havia dois geólogos, um estudante de Geologia, um antropólogo, dois pesquisadores sem especialização, dois estudantes de História (um casal), um jornalista e um guia local, o único que sobreviveu. Não era um grupo fixo, pois sempre uns se ausentavam e novos participantes apareciam, mas, dos dez que foram à Expedição Monserrat, apenas o jornalista estava indo àquela região pela primeira vez.

Os membros do grupo eram (os que estão oficialmente mortos vêm com os nomes sublinhados):

Eduardo Robles Mayer, 38 anos, geólogo (de Belo Horizonte)

Marluce Ribeiro Dias Xavier, 36 anos, geóloga (de Brasília)

André Bueno Dias Antunes, 23 anos, estudante
(de Brasília)

Edmilson Pimenta Junqueira, 61 anos, antropólogo
(de Belo Horizonte)

Charles Bauer, 41 anos, advogado (de Goiânia)
Alice Elizabeth Campos, 40 anos, formada em Ciências
Sociais (de Goiânia)

Francisco Ramos Delano, 28 anos, estudante
(de São Paulo)

Antonieta Maria Neves Delano, 30 anos, estudante
(de São Paulo)

Edvaldo Luís Riepert, 33 anos, jornalista
(de São Paulo)

Armando Lopes Belo, 36 anos, agricultor
(residente em Monserrat)

Nove integrantes do grupo haviam se reunido na manhã da segunda-feira, dia 3 de julho, no aeroporto da capital, onde tomaram uma *van* que os conduziu à vila de Monserrat. Chegaram lá após três horas de viagem. Hospedaram-se na mesma pousada onde costumavam ficar, mas desta vez não poderiam levar consigo o seu guia habitual, seu Justiniano, que estava doente. Armando Lopes Belo, que já acompanhara o grupo outras vezes, foi indicado pelo velho para ir com eles. Fizeram uma breve reunião preparatória após o jantar, e todos dormiram cedo.

Na manhã seguinte, após o café, saíram numa das caminhonetes que faziam esse trajeto, pertencente a Delmiro Manoel da Silva, 45 anos, agricultor. O acordo era para que Delmiro fosse esperá-los a partir do meio-dia da quinta-feira, 6 de julho. Esse cronograma era seguido pelo grupo com pequenas variações, dependendo da distância que tinham percorrido em função de suas pesquisas.

Na quinta-feira combinada, Delmiro esperou o grupo das dez e meia da manhã até o anoitecer, quando voltou a Monserrat e mobilizou a formação de uma equipe de socorro, porque recentemente tinha havido tempestades violentas na região, com fortes enxurradas e desmoronamentos em vários pontos da Serra da Outorga. Antes do amanhecer da sexta, a equipe começou a escalada. Naquele ponto, a serra oferece uma face íngreme e rochosa, cortada por fendas verticais provocadas por abalos que aconteceram em tempos remotos. Uma dessas fendas é a chamada Passagem Pequena, que chega ao topo da serra por uma subida íngreme e cansativa. Por essa razão, muitos exploradores preferem subir pela Passagem Grande, que fica um quilômetro adiante e oferece condições mais suaves de acesso.

Por volta das oito da manhã foi descoberto o primeiro corpo, o de Charles Bauer, que visivelmente havia caído de um barranco próximo com mais de vinte metros de altura. A equipe de socorro fotografou o corpo, anotou as coordenadas e seguiu em frente, subindo, por uma passagem lateral, o barranco de onde Bauer caíra.

O segundo corpo a ser descoberto foi o de Francisco Delano. Estava terrivelmente mutilado, numa poça de sangue, como se tivesse sido atacado por feras famintas. Um dos seus braços tinha sido arrancado, estava a vários metros do corpo. A terra em volta estava revolvida, havia sangue por toda parte.

Depois de registrar e fotografar tudo, o grupo prosseguiu.

No interior da Passagem Pequena, a certa distância um do outro, foram identificados os corpos de Alice Campos e de Edvaldo Riepert. Ela havia sido morta com três tiros no peito e um no braço. Verificou-se depois que as balas eram da arma de Francisco Delano, que foi encontrada junto ao corpo dele. Quanto a Riepert, estava morto sem sinais exteriores de violência. (A autópsia estabeleceu a causa da morte como infarto fulminante.)

A essa altura, o grupo de socorro estava dividido. Em vista das descobertas, uma parte queria voltar a Monserrat e então retornar ao local do acidente na companhia da polícia e de médicos, enquanto outros achavam necessário seguir em frente e tentar descobrir algum sobrevivente antes que fosse tarde demais. Esta última ideia prevaleceu, e o grupo seguiu a escalada.

Chegando ao platô mais acima, a equipe avistou a cerca de cem metros dali o acampamento que havia sido usado pelo grupo, com uma das tendas derrubada e os restos de uma fogueira. A meio caminho do acampamento encontraram o quinto e último cadáver, o de Antonieta Delano. Estava por trás de um amontoado de pedras, como se tentasse se esconder de algo ou de alguém, e seu corpo estava tão mutilado quanto o do marido, como se ela tivesse sido atacada por um animal carnívoro de grande porte, embora nenhuma pegada estranha tivesse sido descoberta ao redor.

Quando se aproximou do acampamento, a equipe percebeu que havia sinais de luta ou invasão, pois os troncos e os carvões da fogueira estavam pisoteados e espalhados em todas as direções. Uma das barracas, a maior delas, tinha desmoronado parcialmente, e encontraram-se ali as mochilas e os equipamentos pessoais de alguns dos mortos. A outra barraca tinha sumido; no lugar dela (viam-se ainda as estacas fincadas no chão, intactas), foi encontrado o guia Armando Lopes Belo enrolado num cobertor, desacordado e, como se comprovou após o seu despertar, delirante.

Desse dia em diante (o ano foi 1995), não se descobriu nenhum sinal de Eduardo Mayer, Marluce Xavier, André Antunes e Edmilson Junqueira, vivos ou mortos. Suas mochilas e seus instrumentos de trabalho desapareceram com eles. Não se sabe o que pode ter acontecido. A polícia local e a polícia estadual foram imediatamente notificadas. A Polícia Federal entrou no caso alguns dias depois, já que várias das vítimas eram funcionárias de universidades federais viajando a trabalho. Nada foi descoberto. O caso não é um mistério, é na verdade um novelo de mistérios não esclarecidos.

O primeiro mistério, o maior e também o mais vago de todos, é: o que aconteceu? Quem atacou aquelas pessoas? Animais? Não há grandes carnívoros na região, no máximo alguns gatos-do-mato, que, mesmo em grande quantidade, dificilmente conseguiriam matar ou fazer fugir todas aquelas pessoas. (E não havia rastros.)

Um ataque de assaltantes, que tenham matado alguns e sequestrado outros? Meio improvável. Nunca tinha ocorrido um crime parecido com esse naquela região, ainda mais naquela escala. Além disso, para que esse sequestro? Se fosse para cobrar resgate, isso já teria acontecido... e já se passaram vários anos.

Quando morreram as vítimas? Os exames indicam que tudo aconteceu durante a noite e a madrugada de quarta para quinta-feira. A ordem em que morreram foi (com uma exceção, que será comentada depois) mais ou menos a ordem inversa em que foram encontrados. Dos corpos descobertos na trilha, Antonieta Delano foi a primeira a ser morta, provavelmente antes da meia-noite de quarta para quinta. O fato de estar a centenas de metros do acampamento parecia indicar que, ao se deparar com um perigo, ela tentara fugir rumo à Passagem Pequena, mas foi alcançada e morta pela fera (ou feras) de que fugia.

O segundo a morrer, segundo os legistas, teria sido Edvaldo Riepert. Sua morte natural no meio de tal violência é surpreendente para alguns. Marcos Wander Sampaio, em *O enigma da Expedição Monserrat* (2002), acha que o estresse, o terror e o esforço físico de uma fuga na escuridão podem ter exigido demais do seu coração, embora ele não tivesse nenhum quadro de doença cardíaca. Riepert estava claramente fugindo da criatura (ou do grupo de criaturas) que matara Antonieta Delano.

Alice Campos foi morta a tiros, e este é um dos mistérios mais paradoxais de todo o caso. Em seu livro, Sampaio propõe uma explicação até razoável: o acampamento fora atacado por criaturas durante a noite, e os exploradores, tomados de pânico, fugiram de volta pela Passagem Pequena num comportamento meio "salve-se quem puder", talvez não muito provável para pessoas com certa experiência de campo, mas possível, em todo caso. No escuro, sem lanternas, Francisco Delano pode ter confundido Alice com um dos atacantes e atirado nela antes de perceber o equívoco. Esta é a explicação de Sampaio, embora Kurt Willems (*Monserrat: morte e mistério*, 2004) observe que havia traços de pólvora nas roupas de Alice, portanto os tiros foram disparados a pouca distância, dificultando esse tipo de equívoco. (Mas não o impossibilitando totalmente.)

Depois de atirar em Alice (e percebendo ou não o erro que cometera), Delano teria continuado sua fuga e sido alcançado mais adiante pela criatura que matara lá atrás sua mulher. O local onde o corpo dele jazia era o mais revolvido de todos, o que indicava um combate mais encarniçado, mas, curiosamente, o revólver não voltou a ser disparado. Os ossos dos seus dois braços estavam partidos e com sinais de mordidas de mandíbulas enormes; um dos braços foi arrancado à altura do ombro e jogado à distância. Depois de morto, o corpo foi eviscerado, mas não havia indícios de que o animal o tivesse devorado parcialmente.

Finalmente chega-se ao último corpo pela ordem de distância do acampamento, e o primeiro a ser encontrado, o de Charles Bauer. Os legistas que examinaram o corpo foram unânimes em afirmar que, apesar de ser ele o mais afastado do acampamento, tinha sido o primeiro a morrer, provavelmente entre oito e dez da noite de quarta-feira. A causa da morte tinha sido a queda de vinte metros, que lhe partiu o pescoço, um braço e uma perna em dois lugares.

Esses são os fatos relativos aos mortos. As circunstâncias indicam um ataque violento ao acampamento, onde talvez alguns deles ainda estivessem acordados, uma fuga coletiva, na escuridão, sendo que Charles Bauer foi o primeiro a fugir e morreu ao não perceber o barranco à sua frente; depois disso, houve um hiato de umas duas horas, quando então os atacantes mataram Antonieta Delano e perseguiram os demais até que Riepert morreu do coração, Alice Campos foi alvejada por engano por Francisco Delano e este acabou sendo alcançado pela "fera", que também o matou.

Há certa lógica nessa sequência, mas os estudiosos do caso acumulam pergunta sobre pergunta, porque inúmeros detalhes não batem entre si. Se Bauer, no início da noite, viu sinal de algo que o aterrorizou e o fez fugir correndo, por que a fuga dos demais só aconteceu (segundo os médicos) várias horas depois? Que terror e desorientação seriam capazes de fazer Delano atirar por engano em Alice Campos? E se não foi por engano, por que foi?

Essas (por enquanto) são as dúvidas que cercam os mortos. Vem em seguida a que é talvez a parte mais inexplicável de todo o incidente. O que aconteceu com os quatro exploradores desaparecidos?

Foi constatado, ao se examinar o acampamento, que todo o material pertencente a Eduardo Mayer, Marluce Xavier, André Antunes e Edmilson Junqueira desapareceu com eles: roupas, mochilas, binóculos, um computador *laptop* de Marluce, um revólver de Edmilson. Nenhum sinal deles foi achado. A busca pelos corpos se estendeu até o mês de agosto e chegou a distâncias que eles não poderiam ter percorrido a pé, mesmo em fuga desabalada. Nada foi encontrado, nem uma pegada sequer.

Outro detalhe foi considerado intrigante pelos pesquisadores: o grupo levava duas tendas simples, cada uma para cinco pessoas. Os cinco mortos tinham dormido na tenda que foi derrubada, e seus pertences continuavam lá dentro. Na segunda tenda tinham dormido as quatro pessoas desaparecidas e o guia Armando. A própria tenda e os pertences de todos (inclusive a mochila de Armando) tinham sumido, e restava apenas o cobertor com que ele estava abrigado. Por quê?

Deixando de lado as inevitáveis hipóteses de abdução por extraterrestres, alguns fatos devem ser levados em conta. Descobriu-se, no curso da investigação, que Eduardo Mayer e Marluce Xavier, embora casados e com família em suas respectivas cidades, vinham mantendo um caso extraconjugal havia cerca de dois anos. A tragédia da expedição teria sido um crime destinado a acobertar uma fuga dos dois? Pouco provável. Se quisessem fugir juntos não precisariam matar ninguém. Também não explicaria a razão do desaparecimento de André e Edmilson. E as famílias do casal concordam que, mesmo que tivessem fugido para ficar juntos, os dois jamais deixariam de, algum tempo depois, tentar entrar em contato com os respectivos filhos. E isso nunca ocorreu.

E resta, finalmente, o mais intrigante enigma de todos: o guia Armando. Para Sampaio, "é irônico que num mistério destas proporções tenhamos uma possível testemunha e que ela não esteja em condições de testemunhar".

O GUIA IMPROVISADO

Armando Lopes Belo, de Monserrat, não era propriamente um guia, apenas um morador local que conhecia bem a região e que, graças ao seu temperamento extrovertido, tinha se tornado amigo de alguns membros do grupo. Quem era guia profissional naquelas circunstâncias era o velho Justiniano, mas ele havia levado uma queda e estava imobilizado havia dois dias. Armando subia e descia a Passagem Pequena desde menino, como muitos outros rapazes dali.

Interrogado, o velho Justiniano disse:

– Eles gostavam mesmo era de ir comigo. Os professores eram muito cultos, mas eram pessoas de diálogo. Eles deixavam você falar, o que aqui em Monserrat é uma raridade. O doutor Mayer me disse uma vez: "Seu Justiniano, nós somos cientistas e um cientista não está preocupado em acreditar ou não, ele está querendo saber se vai entender ou não. Isso, entender, é a primeira coisa para um cientista, o senhor concorda?". Então muito bem. Dois dias antes teve um desmoronamento lá no alto e eu tive que subir a Passagem Pequena. Na volta, me sucedeu isto, olha minha perna como está. Os professores chegam amanhã de manhã? Não tem problema, eu aciono Armando Belo, que já fez a mesma coisa antes, me rendeu na incapacitação. Agora, se eu soubesse que ia dar naquela tragédia, não tinha feito isso com meu pobre amigo, e inclusive com os de fora, que também são gente.

AS TEORIAS

Há várias teorias sobre a expedição que levam em conta a inexplicável sobrevivência do guia num contexto com quatro desaparecimentos e cinco óbitos.

Segundo afirma Kurt Willems (obra citada), o único sobrevivente de alguma mortandade precisa ter uma explicação muito boa para o fato de, entre tantas pessoas, somente ele ter sido poupado.

Armando Lopes Belo era registrado na assistência social como agricultor, mas na verdade era uma espécie de animador de festas local, que cantava pedra nos bingos, marcava quadrilha, contava histórias e anedotas nas quermesses, parecia ter um repertório infinito de "causos" locais, dos mais bobos aos mais bizarros.

Ao mesmo tempo, era tido como espertalhão, oportunista, aproveitador. Um golpe bem-sucedido podia sustentá-lo durante duas semanas ou um mês. Para que trabalhar? Ele muitas vezes chegou de fato a se empregar, mas jamais trabalhou regularmente.

Entra aqui um detalhe a que Willems dá uma importância maior do que os demais pesquisadores. Dias antes da chegada dos cientistas, há uma ligação do celular de Charles Bauer para o celular de Armando. Àquela altura, o velho Justiniano, que ainda não sofrera a queda, seria o guia titular da expedição. Por que motivo Bauer teria ligado para Armando, e não para seu Justiniano, com o qual também costumava (em época de excursão) falar de vez em quando por telefone?

O PAPEL DE CHARLES BAUER

A partir desses fatos, que em si são anódinos, Kurt Willems imagina um conluio entre Bauer e Armando Belo, em que o primeiro (que era advogado, entre outros clientes, de uma empresa de mineração) entraria com os recursos e o segundo com o conhecimento empírico da terra local. Verificou-se (ou melhor, já se sabia, mas nunca foi imaginado que as expedições lideradas por Mayer tivessem relação com isso) a existência de minas de ouro no local. Participantes daquelas viagens nos anos anteriores garantiram que Charles Bauer costumava, a certa altura, despedir-se do resto do grupo e ir numa direção que nunca ficava muito clara, para executar alguma tarefa que ele nunca explicava o que era.

Willems sugere que Bauer teria descoberto um novo filão aurífero, mas não quis revelar o fato por estar num grupo grande. Queria a descoberta só para si. Estava preparando as condições possivelmente para trazer a própria expedição. "Quem poderia condená-lo?", lamenta-se Willems. "Todos nós somos assim."

Talvez Bauer quisesse voltar sozinho algum tempo depois, com tudo pronto, e tornar-se o dono único do ouro. E o que tinha Armando com isso? Resposta: Bauer precisava de um guia local que lhe respondesse tudo e de um fofoqueiro local que o mantivesse informado. E por que, então, não recorria a seu Justiniano? Porque o velho era incorruptível e muito leal ao doutor Mayer, a quem certamente informaria tudo.

Até aí tudo bem, mas, a partir da noite de quarta-feira, a hipótese de uma aliança clandestina entre Bauer e o guia não coincide mais com os fatos. Por que tantas mortes? As situações não combinam com uma luta por causa de jazidas ou de direitos. Há indícios claros de um ataque de terceiros ao grupo, e a única morte de um membro pelas mãos de outro (Alice por Delano) pode ser explicada de um modo precário, mas não absurdo nem impossível.

Este é o raciocínio de Kurt Willems, que compara: "Assim como o caso extraconjugal que Mayer mantinha com a doutora Marluce nada teve que ver com esse episódio, o mesmo se dá com a associação entre Bauer e Armando Lopes Belo, de finalidades estritamente pecuniárias. Esses fatos faziam parte da vida pessoal e profissional desses membros da expedição, mas o destino que sobreveio a eles (e aos demais) nas proximidades da Passagem Pequena caiu-lhes do céu como um raio".

A partir daí, infelizmente, a argumentação de Willems passa a perder força, pois postula uma nave alienígena que teria vindo à Terra em busca de metais e que, por alguma razão, teria abduzido as quatro pessoas que desapareceram. A segunda metade do livro (e da argumentação) de Willems é muito inferior à primeira e quase não cita fatos, a não ser para explicá-los de maneira fantasiosa e um tanto incoerente.

OUTRO FOCO

Cabe aqui uma menção a outra teoria, a de Sibelly Alcântara das Neves, em seu Trabalho de Conclusão de Curso intitulado *O mistério de Serra da Outorga: Narrativas conflitantes num contexto arquetípico* (2005). À hipótese ufológica, ela propõe outro conjunto de deduções, menos articuladas (porque não desembocam numa teoria central), mas (como ela própria assegura) "mais escudada nos fatos, que se podem comprovar através de documentos e de testemunhos insuspeitos".

A tese de Sibelly Neves se prende basicamente a fatos ocorridos dias antes da chegada da expedição, transferindo o foco dos acontecimentos não para a expedição em si, mas a um conjunto autônomo de situações, em que a chegada da expedição foi uma infeliz coincidência que determinou mortes e desaparecimentos.

O fato principal em que se apoia a teoria de Sibelly Neves é o grande número de deslizamentos de terra e de avalanches acontecidos na Serra da Outorga durante os trinta dias anteriores. Era uma época particularmente chuvosa na região. Segundo a autora, o doutor Mayer teria afirmado a seu Justiniano numa viagem anterior: "Preciso alcançar aquele passo ali adiante, mas ele só vai estar acessível depois de outro desmoronamento, que, pela posição das rochas, não demora muito. Quando aquela passagem se abrir, teremos acesso ao vale do outro lado, sem precisar de helicóptero". Sibelly Neves não se interessa muito em precisar o objetivo desse acesso, embora admita em linhas gerais a existência de metais preciosos naquela encosta da serra. Seu argumento é, basicamente: "A solução do mistério Monserrat não repousa em descobrir quais os objetivos da pesquisa daquela expedição, ou de outras, mas no fato de que no curso desta derradeira viagem os exploradores se defrontaram com criaturas liberadas pelos deslizamentos de terra de tempos recentes. Incomodadas em seu hábitat, ou agressivas diante de uma mudança brusca de ambiente, essas criaturas perseguiram e atacaram os intrusos que, por motivos totalmente não relacionados, estavam atravessando a área naquele dia."

E de fato foi Sibelly Neves, em sua monografia (págs. 187-225), quem produziu a mais detalhada e uma das mais convincentes interpretações dos fatos daquela noite. Sua tese, basicamente, é a de que animais carnívoros extraviados (o norte da Serra da Outorga é região limítrofe com a chamada Savana, onde se encontram diversos tipos de tigrídeos de médio e grande porte) viram-se presos em território pouco conhecido devido a um desmoronamento e, com isto, atacaram com fúria desproporcional o primeiro grupo de humanos com que cruzaram. O pânico dos fugitivos acabou por fazer uma parte das vítimas fatais.

Já no livro de Willems, todo o peso da investigação se concentra no fato de que quatro exploradores desapareceram sem deixar sinais, mensagens, cadáver, o que quer que fosse. A certa altura, diz ele: "A hipótese ufológica, centrada numa suposta interferência alienígena, tem pelo menos esta qualidade: a de poder explicar, sem muitos detalhes, o total desaparecimento físico de quatro seres humanos e do material que conduziam consigo".

Para Sampaio, a tese de Sibelly Neves é muito aceitável no que toca a explicar as mortes efetivamente constatadas, mas deixa de encarar o mistério principal: o que aconteceu com quatro outras pessoas que sumiram sem deixar rastro? O que aconteceu com o guia, que foi encontrado em estado de choque e desde então não conseguiu mais dizer coisa com coisa?

A VERSÃO DO GUIA

Finalmente, resta apenas o pouco que foi obtido do único sobrevivente, que, de acordo com as autoridades, atualmente está internado num hospital militar em alguma capital brasileira. Apesar de em estado de choque, Armando Lopes Belo suportou bem a descida da Passagem Pequena e a volta de caminhonete. Medicado no posto de saúde de Monserrat, pernoitou ali e no sábado foi transferido para um hospital público na capital do estado. Estava o tempo todo febril, delirante, desassossegado e às vezes agressivo. Foi preciso dar-lhe um tranquilizante. Quando foi encontrado, na sexta-feira à noite, Armando Lopes Belo não foi levado direto para a própria casa, como pedia nos intervalos de lucidez, enquanto a caminhonete trepidava na estrada de terra até frear diante do posto de saúde de Monserrat. Lá, ele foi medicado e levado para um pequeno quarto no primeiro andar, onde duas enfermeiras ficaram cuidando dele. Quem o conduziu foi um dos membros da equipe de salvamento, seu Estêvão, que estava passando um tempo em Monserrat e tinha se juntado ao grupo. Seu Estêvão convenceu o motorista da caminhonete, Delmiro, a levar o paciente direto para lá.

Inclusive, ele nem voltou para a pensão onde morava, ou melhor, foi lá apenas de passagem e voltou de banho tomado, roupa trocada e maleta na mão. Resolveu passar a noite fazendo companhia à vítima, até a chegada de um médico ou a transferência do paciente para a capital. Ao retornar ao posto de saúde, seu Estêvão dispensou as duas enfermeiras que estavam à porta do doente. Instalou-se, avisou a elas que ficassem atentas à campainha e deu-lhes boa-noite. Elas se despediram e foram cuidar de outras coisas. O modo impositivo de falar de seu Estêvão as desconcertou e ambas acabaram se esquecendo de dizer que o doente tinha sido visitado por um médico, durante cerca de quinze minutos. Aliás, foi ao ser anunciada a volta de seu Estêvão, que o doutor, que elas nunca tinham visto, parou de tirar a pressão do doente, recolheu seus equipamentos no bolso do jaleco e saiu.

E é a esse falso médico que devemos o único registro oficial do que, bem ou mal, foi relatado pelo rapaz delirante. Ele não era médico: era um blogueiro que também fizera parte da expedição de socorro, viera na caminhonete e certamente ouvira alguma coisa estranha. Ao parar no posto de saúde, ele se dedicou a examinar as entradas e saídas do local, inclusive as entradas de serviço para os setores de limpeza, e o fato é que, quando seu Estêvão foi tomar banho na pensão, o blogueiro apareceu de repente, vestindo um jaleco. Apresentou-se como médico, cumprimentou todo mundo, deixou um pequeno gravador em cima da mesa de cabeceira e começou a examinar o doente, estimulando-o a reagir, a conversar. Armando, que estava meio vencido pelos tranquilizantes, ganhou ânimo novo ao vê-lo. Durante esses poucos minutos, o que disse foi registrado no gravador de Filipe Martins, o rapaz de 26 anos que é hoje a única pessoa de posse de um testemunho gravado por Armando Belo, antes de este mesmo rapaz desaparecer (matéria recente na imprensa comenta o fato de que sua última foto conhecida é de mais de quatro anos atrás).

Transcrito da gravação original feita pelo próprio Filipe, com suas explicações e retrancas, segue aqui o relato do guia.

O RELATO DO GUIA

(Ruídos ao fundo; vozes, passos num corredor.)

FILIPE MARTINS – Está melhor, Armando? Fique quietinho que eu vou tirar sua pressão.

ARMANDO LOPES – Feche a janela, dotô... eu tô cum medo.

FILIPE – Não precisa ter medo, aqui é seguro.

ARMANDO – Eu tô vendo ele, eu tô mermo que vendo ele.

FILIPE – É mesmo? Ele quem?

ARMANDO – Eu num vi, eu num quis ver, porque se ver morre. O vermeião! Se ver, chama ele pra cima, viu, dotô? Se ver ele vem pra cima. Olho da gente chama.

FILIPE – Chama quem?

ARMANDO – Paz em Deus! Quero nem lembrar. Eu disse a dotô Bau: não bula cum quem tá quéto! Mas ele quis... ele quis... era teimoso... tá vendo?

FILIPE – E o que foi que ele fez?

ARMANDO – Três dia! Três dia de chuva pesada e os minino que voltaram de lá disseram que tava tudo se desarrumando! A trilha do Taquaral, um lameiro só! Desceu coisa a noite intêra, e eu já tinha falado que meu pai dizia: ali é gruta, taparam com pedra como se fosse o focinho deles e serviço malfeito um dia vem abaixo. Dotô Maia tinha ido comigo, mostrei com a luneta.

FILIPE – Onde era?

ARMANDO – Na gruta! A gruta do Taquaral! Eles dizem que não existe, mas Justiniano sabe, riscou no guardanapo pra dotô Maia! Justiniano foi lá comigo quando eu tinha quinze anos, mostrô aquele monte de peda... “Num tem home no mundo que abra de novo, Mandinho!” Rá! Num tem home mas tem Deus! Podê de Deus é grande, e Deus quando diz chova, melhor correr pro morro! Paz em Deus, creindeuspai!

FILIPE – E o que tem na gruta?
ARMANDO – Queira não, dotô! Fecha a janela! O Carbunco! O Carbunco!

(Ruídos confusos de alguém que se debate.)

FILIPE – A janela está fechada. É uma ambulância que parou aí embaixo.
ARMANDO – Não! Ai, meu pai! É o Carbunco vermeião!
FILIPE – Olhe aí... Já foi embora. Não é nada. Vire pra cá. Sim, assim. Respire... prenda... agora solte. O que aconteceu com os outros, Armando?
ARMANDO – Dotô Bau foi na frente, bem-feito. Quando ele voltou correndo só eu vi! Só eu vi! E me escondi, me protegi, valei-me aqui minha tenção, valei-me aqui meu escapularo, valei-me aqui três vez minha pulseira benta que me agarante! Paz em Deus, que o Carbunco respeitou!
FILIPE – O que é o Carbunco?
ARMANDO – O Jacaré Que Voa! O Briante de Fogo na testa, dotô! Quilariava tudo quando ele veio! Por que que dotô Bau foi bulir com quem tava quéto?!
FILIPE – Uma coisa que voa?
ARMANDO – Ele boia no ar, dotô, boiando devagar assim feito um jacaré no rio! A Péda Briante na testa, quilareando tudo! Aí começou aquele foi-não-foi no acampamento quando ele chegô,

porque dotô Bau foi bulir com quem tá quéto! Deu a primeira rasante por cima da gente e duma bocada só levou tudo, ai dotô, ai dotô que eu senti o bafo quente dele, um bafo pôde pôde pôde... vi o grito da dotôra Marluce quando subiu nos dente dele e me cobri todinho! Escapularo da fé e presença de Nossa Senhora me guardô!

FILIPE – Ele engoliu as pessoas? Era grande?

ARMANDO – Ele se estica, bocona de jacaré, dotô, a réstia do Briante avermeiando tudo e a bocona do bafo pôde, fazendo...

(Ruído de porta se abrindo; voz de enfermeira.)

ENFERMEIRA – Doutor... O acompanhante dele está chegando lá embaixo... o senhor de que eu lhe falei.

FILIPE – É? Bem, eu já terminei mesmo. Pode deixar a porta encostada e peça a ele para me esperar lá embaixo que eu já desço. O rapaz está bem.

(Ruídos. O gravador é desligado.)

CONCLUSÕES

O relato acima já teve sua autenticidade desmentida pelas autoridades, embora várias pessoas de Monserrat tenham julgado reconhecer a voz de Armando Lopes Belo e as que leram esta transcrição no blogue Voz de Monserrat (www.vozdemonserrat.com.br) também reconheçam o seu modo de se expressar.

As críticas mais severas questionam a credibilidade tanto do doente (um "conhecido contador de lorotas", segundo seu Estêvão) quanto do blogueiro Filipe (de acordo com a prefeita do município, "um rapaz que não faz outra coisa senão falar mal da cidade e da administração municipal para se promover").

E enquanto novos fatos não aparecem, as especulações em torno do trágico destino da Expedição Monserrat deverão prosseguir ainda por muitos anos.

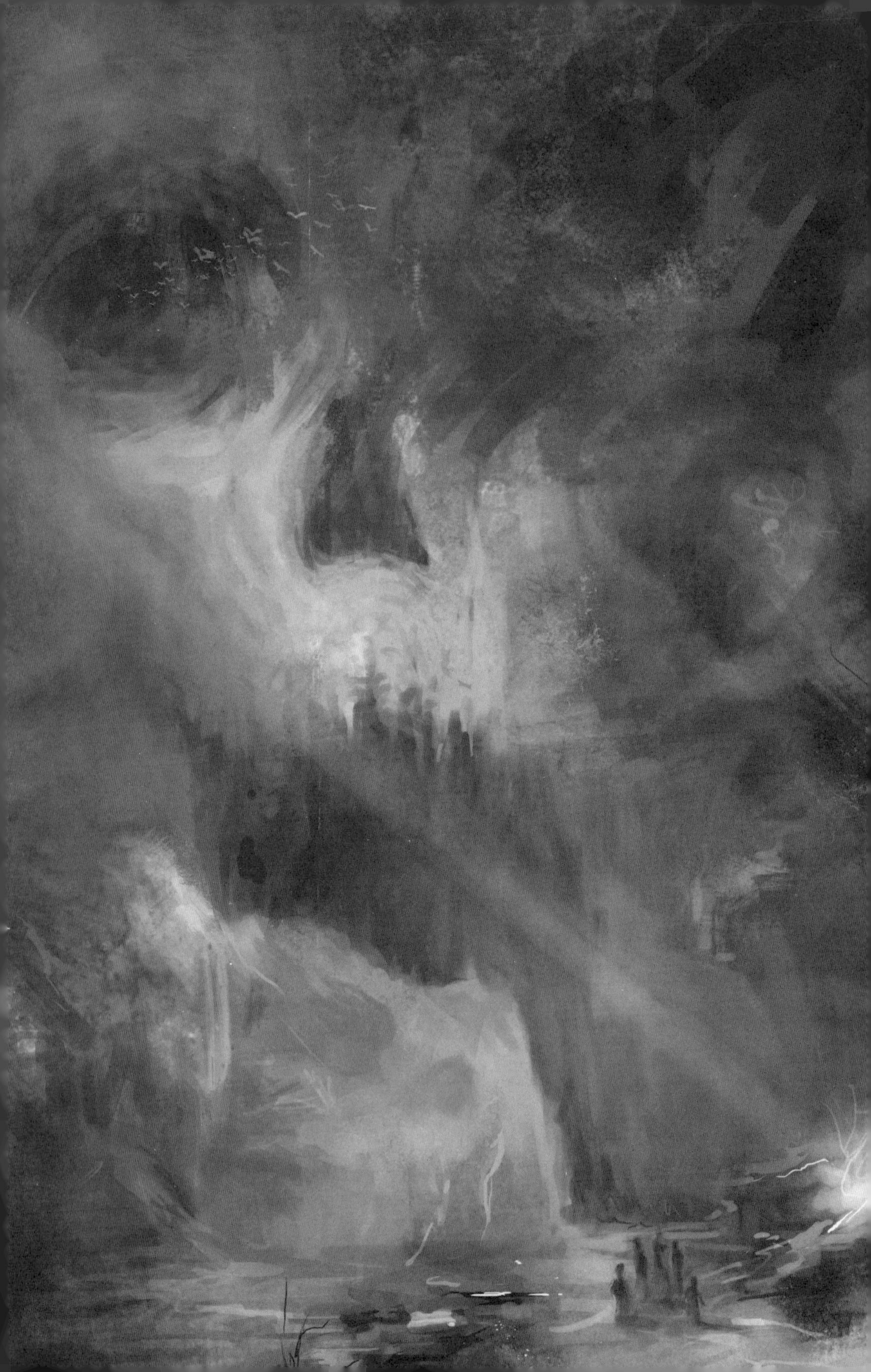

UMA GOTA DE SANGUE

Givaldo Nunes se debruçou na balaustrada, acendeu um cigarro, tragou, bateu a cinza e desejou que alguma fagulha fosse levada pelo vento e incendiasse toda a floresta escura que se estendia de horizonte a horizonte, à luz do luar.

Olhou o relógio: 23h41. Estava exausto, moído pelo trabalho incessante desde as sete da manhã. Como se não bastassem todos os acidentes, os mal-entendidos, os conflitos intermináveis entre os arquitetos, o decorador, os engenheiros e um dos sócios do Tropical Hotel Black River, o caminhão que vinha trazendo já com grande atraso as cinquenta mesas e respectivas cadeiras do restaurante tinha encalhado na lama a mais de vinte quilômetros dali, logo ao anoitecer. Fora preciso mobilizar uma verdadeira operação de guerra, com *vans*, caminhonetes e sabe lá o que mais para descarregar e trazer parte do material, a fim de tentar deixar o caminhão mais leve para ser puxado com um guincho.

Agora, ele se via possuído pelo terror crescente de perceber que a inauguração do hotel, marcada para menos de 24 horas depois, não seria possível, porque no meio daquela selva tudo era mais difícil, mais distante, mais complicado.

"Vai ser o mico do ano", pensou, imaginando as notas nas colunas sociais dos jornais da capital. "*Socialites* vão para banquete e dão com a cara na porta." "Black River Hotel é inaugurado sem ar condicionado e sem lugar onde sentar." "Inauguração do ano vira festival de gafes e videocassetadas." Não, era impossível. Tudo ia dar certo. Os *bugs* de última hora seriam consertados a tempo, e a tarde do dia seguinte veria a chegada de helicópteros, carros de luxo (felizmente por uma estrada diferente da que o caminhão tivera que usar), autoridades, gente bonita, rica e importante. E dos demais sócios do empreendimento, claro – os que resolvem tudo dando berros pelo telefone, os que só chegam na hora da festa e os que reclamam até do cheiro do ar.

O celular vibrou, tocou. Era Carlão, um dos engenheiros.

– Fala.

– Cadê você? Te procurei por todo canto.

– Tô aqui no alto, vim fumar um cigarro em paz.

– Você não sabe da maior.

– Deve ser a décima "maior" de hoje. O que foi desta vez?

– O Maurício me ligou agora lá do caminhão. As mesas são redondas.

– Como assim?

– Encomendamos cinquenta mesas quadradas. Estão vindo cinquenta mesas redondas. Eles acabaram de abrir o caminhão pra retirar o material. São redondas.

– Tanto faz, cara.

– Tanto faz nada. O decorador está uma fera. Disse que a estratégia era de que as mesas pudessem ser emendadas umas nas outras. Mesa redonda não emenda, ou emenda mal. Enfim...

– Mas era só o que faltava. E agora?

– Em São Paulo talvez desse tempo de trocar. Mas a gente está no coração da selva, como diz a propaganda. Não podemos deixar aquela porcaria encalhada na lama só porque são redondas.

– Bom, é isso mesmo. Traz, e quando chegar aqui a gente vê o que faz.

– Mas o Henri está dando um ataque histérico, tá furioso com quem fez a encomenda. Pegou o celular e disse ao Maurício que não descarregasse nada, que se uma mesa redonda entrar aqui ele demite todo mundo.

– Ele está bêbado?

– Até agora não estava, mas acabou de preparar um uísque duplo e foi lá pra fora.

– Bom, o hotel é dele, ele que resolva.

– Resolva nada, Givaldo. Ele é o dono. Quem tem que resolver é a gente. Vou ligar pro Maurício e dizer que traga, não importa o que ele disse. Mas quero que você feche comigo.

– Fecho, sim, é a única coisa que se pode fazer. Traz, prepara o salão, inaugura. Depois faz outra encomenda, pede pra trocar...

– Sim, mas aí já foi tudo usado, mesa, cadeira...

– Manda comprar um lote novo. E pega essa merda redonda e queima na beira da floresta, em homenagem aos deuses da mata.

– Posso mandar vir, então?

– É o jeito. Deixa que eu falo com o Henri. Quando assentar a poeira eu convenço ele.

Desligou e acendeu outro cigarro. Tinha ido lá para cima para fugir do barulho dos operários, pintores, mecânicos, do barulho de serras, furadeiras, martelos, da balbúrdia em torno de mil e uma coisas que eram para estar prontas há semanas e estavam sendo feitas na véspera da inauguração, na véspera da festa para a qual eram esperados três governadores, quinze estrelas de TV e a imprensa toda.

O celular vibrou e tocou de novo. Ele olhou o número e deu um resmungo que a ele mesmo soou como uma mistura de excitação e tensão.

– Oi – falou baixinho.

– Oi, sou eu.

– Pensei que você não ia ligar nunca.

– Tava com saudade?

– Toda hora, vinte e quatro por dia, sete dias por semana.

– Exagerado você...

– Sou assim mesmo. Fazer o quê?

– Nada. Só gosto porque é assim.

– O.k., direto ao assunto. Você vem?

– Deu trabalho, porque o Vítor queria fazer essa matéria. Mas eu mostrei que a pauta era minha, que quem vinha acompanhando o assunto era eu, coisa e tal, e afinal consegui. Chego amanhã cedo, consegui um voo de madrugada.

– Ótimo.

– Tudo bem por aí?

– Olha... Meio caótico, mas dentro do normal. Esse lugar é um inferno. Trabalhar aqui é o mesmo que trabalhar na pré-história.

– Entendi.

– Problema atrás de problema, o pessoal local é burro, de uma incompetência apavorante, o lugar não ajuda, tem mosquito...

– Vou levar repelente, então.

– É? Que sabor?

– Quê? Rá-rá! Você, hein?

– Olhe, já te falei: tô trabalhando, devo estar acompanhado.

– Eu sei. Não quero mais do que meia hora sua.

– Quarenta minutos.

– Cinquenta.

– Vem logo, tô te esperando.

– Beijo.

– Beijo.

Desligou, pegou o elevador e desceu para o térreo. Passou por entre os operários que carregavam placas de acrílico, caixas de ladrilhos, cortinas enroladas. No saguão, prosseguia a discussão de duas horas antes sobre o posicionamento de um quadro horroroso mostrando uma floresta que parecia um papel de parede, uma onça que parecia o fantasma de uma onça e uma índia que parecia um travesti.

Saiu para o gramado, chamou um dos assistentes.

– Você viu o Henri?

– Ele andou perguntando por você.

– Fui lá em cima.

– Acho que ele foi fumar um cigarro. Lá pro lado das piscinas suspensas.

– Valeu.

Do lado direito da entrada do hotel, subia uma alameda em curva feita de lajes, que dava acesso a um nível mais alto, coberto de grama. Givaldo evitou repassar mentalmente o sofrimento de implantar a grama exigida pelo arquiteto no chão da Amazônia. Subiu a elevação suave da encosta. À medida que se aproximava, crescia o ruído das cascatas jorrando sem parar. Um rio próximo tinha sido desviado para alimentar três piscinas, cada uma sucessivamente mais baixa que a outra, cada uma com um sistema hidráulico para despejar na piscina mais baixa o mesmo volume de água que recebia da piscina acima. Ou algo assim.

A piscina do meio estava deserta. As espreguiçadeiras de ripas pintadas de branco, sob os guarda-sóis fechados, tinham algo de esqueletal à luz da lua. Fora o chororó contínuo da água, nenhum ruído.

Ele deu a volta. A água era limpa, azulada como a de qualquer piscina; havia uma estação de tratamento alguns quilômetros acima. "Nenhum hóspede meu vai sair do hotel com esquistossomose ou essas doenças de índio", tinha dito Henri numa reunião em São Paulo, anos antes, durante a projeção de um cansativo PowerPoint explicando o sistema.

Deu a volta na piscina. Onde estava Henri? Se eu viesse aqui para fumar, sentaria onde? Talvez ali no alto, onde ficava o balcão do bar, coberto com palhas secas num estilo rústico que (pensou ele) tem mais a ver com Maceió do que com a Amazônia, mas enfim.

Subiu até o bar; nada. Resolveu ir até a piscina superior e escalou os degraus de madeira fincados na encosta, que levavam para a piscina maior de todas, num nível dez metros acima.

Estava tão deserta quanto a outra, e Givaldo lembrou certas fotos que vira, de uma invasão de macacos durante a construção e a canalização da obra. Tinha sido preciso uma combinação de fuzis e frutas envenenadas, além de uma cerca elétrica que gastava uma energia absurda, para mantê-los à distância. A água ali caía com mais força, um despejo permanente e exuberante através de uma enorme concha de mármore.

Olhou as espreguiçadeiras de lona: nada de Henri, mas algumas luzes brancas estavam acesas, e a água da piscina era uma massa azulada, quase fluorescente. Ele se achou no direito de sentar ali e acender um cigarro, porque ninguém é de ferro. Enfim, um momento de paz.

O celular vibrou, tocou. Ele o tirou do bolso da calça. O nome brotou no retângulo luminoso: Ana Carla.

– Amor, você está bem?

– Tudo o.k., e você?

– Como está indo o trabalho?

– Aquela coisa de sempre. Véspera é sempre assim.

– Resolvi que vou mesmo. Devo estar aí entre três e quatro da tarde.

– Ótimo. Tô te esperando.

Um silêncio.

– Está tudo bem mesmo?

– Claro. Por quê?

– Sua voz está esquisita.

– Minha voz sempre foi assim.

– Não gostou porque eu liguei?

– Claro que gostei, Ana. Qual é o problema com você?

– Calma. A gente não pode nem falar...

– Poder pode. Não está havendo nada. Só trabalho, coisas que dão errado, a gente fica tenso.

– O que foi que deu errado? Não quer que eu vá?

– Cla-ro-que-que-ro. Deu errado coisa daqui, do trabalho.

– A tal jornalista vai estar aí amanhã, não é mesmo?

– Ana Carla, já te falei, não tem mais nada. Foi uma coisa que passou, acabou, fim, não tem mais nada. Aquela mulher é um porre, aliás. Muito chata.

– Não era isso que eu vi você falando nos torpedos que mandou pra ela.

– Isso é besteira, pelo amor de Deus, já expliquei tudo.

– Se não quiser que eu vá, eu não vou.

– Eu quero que você venha. Comprei tua passagem, não comprei?

– Não precisa ficar esfregando seu dinheiro na minha cara.

– Não tô esfregando nada, minha querida. Comprei como uma demonstração de amor, quero sua presença na festa. Você é minha mulher, apesar de tudo.

– De tudo? Tudo o quê?

– Nada, Ana Carla. Apesar de uma ou outra bobagem que eu faço. Minha mulher é você, vou ter que dizer isso quantas vezes?

– Se dissesse uma vez só, mas sem essa raiva, eu ia dormir tranquila.

– Vai dormir tranquila, meu amor. Eu tô tenso. Um caminhão atolou, tem coisa atrasada, o Henri começou a beber. Se eu conheço ele, vai beber vinte e quatro horas sem parar.

– É, deixa pra lá, já vi que você está uma pilha. Amanhã a gente se fala.

– Isso. Boa noite, um beijo.

– Um beijo.

– E boa viagem.

Ele fechou de leve o celular, guardou-o de novo no bolso. "Antigamente", pensou, "as pessoas falavam nos telefones de linha e, depois de certas conversas, batiam o fone com toda força. Deviam inventar um aplicativo pra celular que desse uma sensação parecida, ora diabo."

Terminou o cigarro e, num impulso, jogou a ponta dentro da piscina. "Que se dane", pensou. "Que se dane tudo." Então o ruído da cascata parou.

Foi tão repentino que lhe deu um alívio, antes mesmo que ele achasse estranho o silêncio depois daquele chorume constante, aquele despejo de uma água inútil, dia e noite, jorrando ali dentro enquanto o mundo inteiro dormia, jorrando em vão para pessoas que ainda não tinham pegado seus aviões, pessoas que ainda não tinham vestido seus calções e biquínis, pessoas que talvez nem existissem, nunca viessem. Nos poucos segundos após o silêncio, ele sentiu um alívio resignado, como se alguém o tivesse demitido do emprego, como se alguém lhe dissesse: "Chega. Parou. Vai embora. Isso aqui não existe mais".

Ele se virou na direção da concha de mármore, e viu a mulher. Estava nua, encolhida sobre si própria, como se quisesse se proteger do frio, embora o ar estivesse morno e úmido como o ar de um porão. Estava abrigada dentro da concha, de onde a água não jorrava mais, a não ser um filete muito fino que foi minguando e logo passou a gotejar.

O primeiro pensamento dele foi de que alguma coisa tinha obstruído a passagem da água, algo que tivesse desmoronado; acontecera duas vezes durante a construção. O segundo pensamento foi de que ela seria alguma camareira (havia dezenas que vinham ao hotel todo dia para o treinamento final) e estaria tomando banho na piscina às escondidas. Nua? Na borda da piscina, mesmo por baixo da concha, havia uma trouxa mole de algo que pareciam roupas amontoadas.

Ficou de pé e caminhou pela lateral da piscina na direção da concha. Quando se aproximou, a mulher ergueu a cabeça e olhou para ele. Antes mesmo de formular qualquer pensamento, ele sentiu no próprio corpo a excitação surgindo e crescendo. Ela tinha seios pequenos e duros, com aréolas largas e cor-de-rosa. Os cabelos molhados eram negros, muito lisos e desciam até a cintura. Era do tipo pequeno, devia ter um metro e sessenta, e as pernas e os braços eram roliços, fortes; não o corpo de uma atleta, mas o de uma pessoa habituada à atividade física. E a pele! O seu tom de pele variava de acordo com o ângulo em que as luzes da piscina batiam, mas era basicamente uma cor de doce de leite, um marrom com tonalidades de bronze. Os pelos do púbis eram negros e cerrados.

Ao vê-lo, ela sorriu (boca larga, toda sinuosa) e mergulhou. Seu corpo fez um tchibum, salpicos vieram até as pernas da calça dele. Quando ela mergulhou e emergiu, seu cabelo se abriu como um leque negro e se recolheu de novo, acompanhando as braçadas rápidas com que ela veio até a borda, segurou-se e içou-se para cima, ágil, leve, forte. Ficou parada diante dele, gotejante, sorridente. Movia-se sem afetação, sem se exibir, como se estivesse ali sozinha fazendo algo que só interessava a ela mesma; somente o sorriso se destinava a ele.

Pensamentos rápidos e vertiginosos passaram pela cabeça de Givaldo. Havia uma cabanazinha discreta, abrigando algumas mesinhas e tamboretes, a uns dez metros dali, e tinha laterais de bambu. Levá-la para lá e... Ele pigarreou e começou a dizer a frase que tinha preparado:

– Olha, isso não é a hora nem é o lugar...

A última sílaba saiu sem som, somente um sopro. Ele tinha erguido os olhos dos lábios dela para os olhos e viu que eles não eram globos, e sim cavidades muito profundas e escuras, com uma luz esverdeada bruxuleando lá longe, no final de túneis que pareciam sugá-lo para dentro – a princípio devagar, com resistência, mas a resistência foi sendo vencida, a velocidade aumentando, e ele sentiu-se sem peso, sem matéria, sem tempo, caindo vertiginoso naquele abismo verde-negro, num êxtase de pavor e revelação.

Os lábios dela tinham se projetado para a frente formando de início um biquinho mimoso, e foram se alongando, se encorpando, transformaram-se num focinho comprido que logo se recobriu de lâminas córneas; com ele, ela bateu com força no rosto do homem, jogando a cabeça dele para o lado e expondo sua orelha esquerda, em que o focinho, agora quase uma tromba rígida e meio flexível, se inseriu, rasgando o conduto auditivo e, ao mesmo tempo, se alargando, rachando todos os ossos da cabeça do homem, enquanto a língua áspera, pegajosa, deslizava pelo tubo até a ponta e começava o trabalho de desmanchar a massa encefálica que era imediatamente sugada – e assim permaneceu até que o primeiro fôlego dela se esgotou.

Depois, foi através da boca escancarada e hirta que ela o acessou, introduzindo a tromba garganta abaixo e começando a sugar, até que as roupas dele afrouxaram e deslizaram para o chão enquanto o corpo minguava. Ela o segurou com as mãos e o deitou na borda da piscina, como fizera com o outro, e fez tudo até o fim. Depois se ergueu, saciada. No meio daquele monte de tecidos mortos, algo começou a vibrar e a emitir um som musical. Com o pé ela os empurrou, com sapatos e tudo, para dentro da água azul da piscina, onde eles afundaram devagar, sem largar sequer uma gota de sangue.

POSFÁCIO

Os contos deste livro utilizam, de uma maneira muito pessoal, monstros e mitos da nossa tradição popular. Trago aqui algumas referências deles.

"A sétima filha", a tradição de que o primeiro filho (ou filha) seja padrinho (ou madrinha) do sétimo, para que este não vire lobisomem, é uma crendice muito popular, pelo menos no Nordeste. Minha mãe, paraibana, teve como madrinha de batismo sua irmã mais velha, e brincava muito conosco dizendo que graças a isso não tinha perigo de se transformar em lobisomem.

O conto "Bradador" funde dois mitos (o Bradador e o Corpo-Seco) que Luís da Câmara Cascudo, em seu estudo essencial da nossa mitologia, *Geografia dos mitos brasileiros*, estudou tanto em separado quanto em conjunto. Optei por usá-los desta última maneira no conto.

Em "Papa-Figo", voltei a utilizar situações e histórias contadas ao longo da minha infância na Paraíba, bem como a leitura de Câmara Cascudo e das *Assombrações do Recife Velho*, de Gilberto Freyre. Em 2000, eu já tinha adaptado a lenda do Papa-Figo e várias outras para um ciclo de onze curtas-metragens, Assombrações do Recife Velho, produzidos pela Luni Produções (Recife) e exibidos nas comemorações do centenário de Gilberto Freyre.

"A Porca de Soledade" também é uma história muito conhecida no meu estado natal, com equivalentes em muitas culturas e em muitas épocas, símbolo da fome devoradora. Ainda hoje ouve-se dizer de alguém: "Fulano come mais do que a Porca de Soledade". Não sei se existem obras escritas sobre ela; no meu caso, é originada puramente da memória oral.

O zumbi, ou morto-vivo, é uma lenda igualmente presente em muitas culturas. Na minha infância, os mortos-vivos, cuja existência eu temia, eram pessoas que, por sofrerem de catalepsia, eram dadas como mortas e enterradas; despertando no túmulo, conseguiam de alguma forma escapar dele e voltavam a caminhar, sem memória, sem entender o que lhes tinha acontecido. Quando garoto, ouvi muitas histórias de casos assim, inclusive casos acontecidos durante epidemias (varíola, cólera etc.), quando as pessoas eram consideradas mortas e enterradas às pressas. No meu conto, "Os Mortos-Vips", preferi utilizar a imagem do zumbi como tem sido popularizada pelo cinema recente, com objetivo de sátira.

O conto "A Expedição Monserrat" faz uma alusão ao mito do Carbúnculo (v. Câmara Cascudo), um lagarto com uma pedra vermelha brilhante cravada na testa, que protege jazidas de ouro. Claro que a utilização que fiz dele na história não tem muito a ver com os contos folclóricos, é mais uma recriação literária.

Em "Uma gota de sangue" voltei a misturar por minha conta dois mitos distintos: a Iara e o Capelobo (ambos estudados por Câmara Cascudo).

Acredito que as lendas do folclore possam ser uma boa fonte de inspiração e um ótimo ponto de partida para a criação de narrativas literárias. O autor deve se sentir livre para reinventar, tendo em mente que esta nova criação é sua, e não substitui as narrativas tradicionais, assim como os romances históricos não substituem a História propriamente dita. Podem assim levar os personagens do nosso folclore às novas gerações de uma maneira tão assustadora quanto acontecia no tempo em que nossas avós ouviam, e depois nos contavam, estas mesmas histórias.

Este livro foi composto com as fontes Bodoni e Bebas em maio de 2014.